Starkbier

tatort

Dieses Buch ist ein Roman. Handlungen und Personen sind frei erfunden. Ähnlichkeiten mit lebenden oder toten Personen sind rein zufällig.

tatort

Starkbier

Kriminalroman von
Hannsdieter Loy
nach einem Drehbuch
von Michael Wogh

emons:

MIX
Papier aus verantwortungsvollen Quellen
FSC® C083411

Agentur: WDR mediagroup licensing GmbH
Kriminalroman nach der gleichnamigen ARD-Serie »Tatort«
ARD-Tatort-Koordinator: Prof. Gebhard Henke,
Leiter des WDR- Programmbereiches Fernsehfilm, Kino und Serie
Tatort-Drehbuchautor: Michael Wogh
Umschlagfoto: BR/klick / Rolf von der Heydt
Umschlaggestaltung: Weusthoff-Noël, Hamburg (www.wnkd.de)
Druck und Bindung: CPI – Clausen & Bosse, Leck
Printed in Germany 2010
ISBN 978-3-89705-743-2

Wir bedanken uns bei der Redaktion des Bayerischen Rundfunks
für die freundliche Unterstützung.

Die Titelabbildung zeigt Miroslav Nemec als Hauptkommissar Ivo Batic
und Udo Wachtveitl als Hauptkommissar Franz Leitmayr.

EINS

»O'zapft is! Prost!«

Wie gern hätten Franz Leitmayr und Ivo Batic diesen legendären Spruch aus dem Mund des schnauzbärtigen Münchener Oberbürgermeisters Christian Ude live am Nockherberg gehört. Früher waren auch sie beim Starkbieranstich der Benedictus-Brauerei gewesen, bei der alle Jahre wieder die Politprominenz und andere Großkopferte süffisant derbleckt wurden. Der Geruch des frisch gezapften Biers, bissig-gemeine Sprüche, Blasmusik, Mordsstimmung. Doch heuer blieb ihnen das Vergnügen verwehrt.

Konzentriert, aber müde saßen die beiden Münchener Kommissare in ihrem Dienstfahrzeug und verfolgten mit einem Auge das Geschehen am Nockherberg auf dem kleinen Monitor in der Konsole vor ihnen. Ihr Spiegelbild im Autofenster war durchsetzt vom Neonlicht vor den Hallen, die sie zu observieren hatten. Bereits in der dritten Nacht waren sie hinter der Drogenmafia her.

Im Westen blitzte es. Es roch nach Gewitter.

»Weißt noch, letztes Jahr, wo der Stoiber sein Fett weggekriegt hat?« Batic war aus seiner geduckten Haltung am Beifahrersitz des geparkten Zivilfahrzeugs aufgetaucht. Mit breitem Grinsen sah er zu Leitmayr hinüber, der am Steuer saß.

»Da«, sagte er und zeigte auf den Minifernseher. Eine Achtmanntrachtenkapelle, vorn der Schlagzeuger, hinten in der Mitte die Tuba. »Sie haben wieder dieselbe Riesenband wie im vergangenen Jahr. Kriegt ma richtig ein bisserl Sehnsucht.«

Leitmayr lachte auf. »Ja, ja, 1997, als der Erich Hallhuber zum ersten Mal den Bruder Barnabas gegeben hat. Was hat er gleich gesagt ...?«

Batic blies die Backen auf und spielte Mönch. »Hahaha. Sie, Herr Stoiber, Sie bleiben ja noch lang am Ruder. Ein Ende Ihrer Laufbahn ist lange nicht in Sicht ...«

»... und danach könnten Sie doch ...«

»... das Amt des Präsidenten vom FC Bayern anstreben.«

Übergangslos fiel Batic in die Rolle des bayerischen Ministerpräsidenten. Imitierte dessen Mimik, den Tonfall, den Akzent, seine »Ähs«. Leitmayr war kurz vor einem Lachkrampf. Batic konnte wahnsinnig komisch sein, wenn er mochte. »Dann dürfen Sie endlich alles sagen, was Sie wollen«, vollendete der Mönch den Satz feierlich.

»Hier Position Alpha«, kam es über Funk. »Der Nächste ist am Anrollen.«

Auf einen Schlag stoppten die beiden ihre Blödelei. Bisher war der Funk im Auto leise gelaufen, es hatte gerauscht, alle paar Sekunden quäkte eintönig die Stimme eines Kollegen aus dem Lautsprecher. Nun aber waren Batic und Leitmayr im Nu hellwach. Angestrengt schauten sie in die Nacht.

Wellblechwände hatten sie im Blickfeld. Lagerhäuser mit Flachdach und fensterlose Schuppen, davor Rampen, Fässer, Paletten, Müll. Der Ladehof fasrig von einzelnen Neonleuchten erhellt. Eine Stimmung wie im November.

Batic stieß Leitmayr an und deutete mit dem Kinn zu dem Kollegen im dunklen Anorak hinüber, der draußen im Halbdunkel hinter einer Säule auf Position war.

Hinter ihnen donnerte hell erleuchtet der ICE München–Nürnberg vorbei. Alle Stunde kam er, Fahrtzeit knapp sechzig Minuten. Leitmayr drehte den Ton am Funk lauter.

»Position Beta hat Sichtkontakt«, meldete der Kollege an der Säule.

Ein Gittertor öffnete sich, ein wuchtiger Hummer Vierrad glitt langsam hindurch. Viertürig, keine erkennbare Farbe, abgedunkelte Scheiben rundum, Abblendlicht. Er fuhr bis zur Rampe, hielt an, die Scheinwerfer erloschen.

Leitmayr nahm das Fernglas zur Hand.

Ein, zwei Minuten rührte sich nichts. Dann ging die Fahrertür auf. Langsam stieg ein Mann aus, der Batic und Leitmayr vom Foto her nicht unbekannt war. Südländischer Typ, schwarzes Haar, schwarzer Backenbart, schwarzes Leder. Ein mittelgroßer Fisch. Sie aber wollten den größten. Der Mann schaute sich um, ließ die Tür zufallen und ging mit raumgreifenden Schritten auf das Rolltor neben der Rampe zu. Dort warf er noch einmal einen Blick in die Runde, dann klopfte er kräftig gegen das Holz. Damdada-dam-da.

»Den Typ kennen wir doch«, quäkte eine junge Stimme aus dem Funkgerät. »Das ist der Kurier von der Augsburger Connection.«

»Alte Waffen runter. Neue Drogen hoch!«, alberte ein anderer.

»Etwas mehr Funkdisziplin, Herrschaften!«, befahl der Einsatzleiter.

Sofort war wieder Ruhe.

Batic und Leitmayr spähten angestrengt ins Halbdunkel. Nichts rührte sich mehr im Gewerbegebiet. Trostlos. Leise kam der Ton der Trachtenkapelle aus dem Lautsprecher des Monitors.

»Mei«, flüsterte Batic und stieß einen Seufzer aus. »Jetzt da drinhocken, das wär schön.«

Leitmayr nickte. »Ja, eine Maß vor sich, ein Madel im Arm …«

Über Batics Miene legte sich ein schwärmerischer Ausdruck. »Am schönsten ist's halt eh im Wirtshaus. Man is net dahoam und doch net an der frischen Luft.«

»Der Spruch is ja originell«, sagte Leitmayr anerkennend. Es kam nicht allzu oft vor, dass er seinem Kollegen ein solches Kompliment machte. Zwischen ihnen herrschte bei aller Freundschaft auch eine herzliche Konkurrenz. »Wenn ich mir überleg«, fuhr er fort, »dass ich jetzt auch beim Starkbieranstich sitzen könnt. Hab ich dir erzählt, wie schwer es ist, dafür an Karten zu kommen? Es gibt nur sechshundert davon, alle handverlesen.«

»Schon dreimal«, sagte Batic und hielt drei Finger in die Luft.

»Was?«

»Schon dreimal hast du mir das gesagt.« Er sah zu Leitmayr hinüber und setzte noch einen drauf: »Und erzähl mir nicht, wer alles dabei ist. Politiker, Schauspieler, Sportler, Bischöfe. Das hast du mir schon mindestens *viermal* gsagt.«

***

Dunkle Wolken brauten sich über dem Nockherberg zusammen und drohten mit einem Gewitter, das sich gewaschen haben würde. Das Reporterteam von Bayern Eins war gerade noch trockenen Fußes ins Gebäude gekommen.

Im Festsaal herrschte erwartungsvolle Stimmung. Die halbe bayerische Ministerriege saß an weiß gedeckten Tischen und wartete darauf, dass jeder Einzelne von ihnen, einer nach dem anderen, von Bruder Barnabas durch den Kakao gezogen werden würde. Sogar Grüne, Schwarze und Gelbe aus dem fernen Bonn waren angereist, um ihren Kopf dem Schafott anzubieten. Alle hauten sich unter grimmigem Lachen Furchen in die Oberschenkel, wenn ein anderer als sie selbst drankam und mit gequälter Miene demütig das Haupt beugte. Wie Ölsardinen in der Dose hockten sie nebeneinander auf den Bierbänken; diejenigen, die für die Bedeutendsten gehalten wurden oder sich selbst dafür hielten, ganz vorn zur Bühne hin.

»Die fünfte Jahreszeit«, rief der Reporter ins Mikrofon, »wie die Starkbierzeit auch gerne genannt wird, hat heute begonnen …«

»Vroni! Helmut!«, kreischte eine üppige Blondine in dezenter Landhausmode mit sich überschlagender Stimme neben ihm.

»… und das berühmte Ultimator, der berühmte Doppelbock der Benedictus-Brauerei, rinnt in Strömen. Braumeister Kiem, wie ist der Jahrgang ausgefallen?«

Endlich hatte die große Blonde die Vroni und den Helmut in der rotgesichtigen Menge geortet. Sie saßen direkt neben Claudia Roth, Bundestagsabgeordnete der Grünen, der Kenner der Politszene eine steile Karriere vorhersagten. Farbkombinationen gab es hier, die in den Bundesländern oder im Bundestag zu gewaltigen Fragezeichen geführt hätten. Grüne verbrüderten sich mit Schwarzen, Gelbe mit Roten, Rote mit Schwarzen. Eher hatten Schwarze mit Schwarzen Probleme, das äußerte sich in der einen oder anderen Schlägerei. Allerdings exklusiv auf den hinteren Bänken. Dass die Farbe Braun fehlte, war allseits gewollt.

Während der Braumeister, ein gestandenes Mannsbild in kerniger Tracht, ein Kurzseminar über Malz, Hallertauer Hopfen, Stammwürze und Alkoholgehalt hielt, erklärte die Vroni dem Helmut nach dem nächsten Tusch der Kapelle, was hier eigentlich los war. Vroni war eine lebensfrohe Mittvierzigerin mit reichlich Holz vor der Hüttn und derbem Bayernschmuck aus Hirschhorn und Silber an fast jedem freien Stück Haut.

»Als Mann aus dem Osten muasst wissen, dass die Starkbiergaudi eine echte Tradition haben tuat. Zwischen

Fastnacht und Ostern versüaßen mir katholischen Bayern uns die karge Fastenzeit mit nahrhaftem Starkbier. ›Flüssiges bricht das Fasten nicht‹, haben die trickreichen Mönche schon im siebzehnten Jahrhundert herausgfunden. Sie haben einfach ›flüssiges Brot‹ mit einem satten Alkoholgehalt von siebeneinhalb Prozent gebraut und es Herrenbier genannt. Der spätere Benedictus-Name Ultimator wurde 1896 durch das Kaiserliche Patentamt geschützt. Konkurrierende Brauereien tauften ihre Hochprozenter fortan oiwei Salvator, Triumphator, Maximator, Duplikator, Eldorator, Alligator ...«

»Was sind denn eigentlich große Kopfete?«, unterbrach Helmut sie mit Betonung auf der zweiten Silbe. Er war Sachse, und das hörte man auch. »Und was ist terbleken?«

Vronis Lächeln wurde schmal. Sie schüttelte sich, was ihre Oberweite im tief ausgeschnittenen Dirndl in heftige Wallung brachte. »Ja mei«, klagte sie mit versagender Altstimme. »Großkopferte, des sind unsere wichtigen Politiker, und des san a die Geldigen, die wo moana, dass sie wichtig san. Und derblecken ... ja also ... derblecken ... des lässt sich net übersetzen.«

»Verspotten vielleicht?«, half die Roth mit einer Mischung aus Ungeduld und gnädigem Mitleid aus, sah Vroni aus großen Augen an und wirkte so heilig, als sei sie auf dem Weg nach Claudia de Compostela.

»Ja, genau!«, rief die Vroni mit schlagartig wieder erstrahltem Lächeln. »Wofür die Grünen doch alles guat san.«

***

Carlo Menzingers unnachahmlich klarer Strahleblick nahm Sabine Irlbeck aufs Korn, bevor er sich einer der beiden Großbildleinwände zuwandte, auf denen das Anstichspektakel aus dem Festsaal in die Nebenhalle der Benedictus-Brauerei übertragen wurde. Sabine Irlbeck, Angestellte ihres Mannes im gleichnamigen Getränkehandel, hielt Carlos Blick wacker stand, bevor sie ebenfalls das Geschehen auf der Projektionswand verfolgte.

Carlo, ein waschechter Münchner, aus dem unteren in den gehobenen Polizeidienst aufgestiegen, hatte schon immer den Wunsch gehabt, als Kriminalpolizist zu arbeiten. Jahrelang war er auf Münchens Pflaster Streife gefahren, er kannte jeden Winkel. Er wusste, dass es auf den Straßenstrichen in der Landsberger Straße und der Wasserburger Landstraße durchaus mit rechten Dingen zuging, in einigen Gegenden der Innenstadt jedoch nicht. Er kannte die Kleinganoven und deren Kleingaststätten rund um den Viktualienmarkt, und er und seine Jungs hatten die Dealer am Haupt- und am Ostbahnhof im Großen und Ganzen im Griff. Carlo begriff seinen Beruf nicht als Job, sondern als Lebensaufgabe. Als Uniformierter hatte er sich immer auch als Streetworker gefühlt, und so sah er auch heute noch aus. Ganovenschnurrbart und langes Haar, das er tagsüber zum Pferdeschwanz band. Trotzdem hatte er Ausstrahlung und Charisma, das gewisse Etwas.

Das spürte auch Sabine Irlbeck. Zwischen ihr und Carlo schien nur der Wimpel des Fußballvereins zu stehen, dessen Mitglied sie, ihr Mann Anton und Carlo waren. Und die Stangerln mit den staubtrockenen Brezen dran. Gekonnt machte sie Carlo schöne Augen.

Auch der Fernsehreporter im Festsaal blies sich auf. »Und hier haben wir nun die Gastgeber des heutigen Abends, Generaldirektor Konrad Eisinger von der Benedictus-Brauerei und Vorstandssprecher und Werbechef Dr. Meindl. Ihnen muss man natürlich seine Aufwartung machen, wenn man in München und vor allem hier im Festsaal der Brauerei dabei sein will.«

Ein klug aussehender Herr im dunklen Trachtenanzug kam ins Bild, ging auf Generaldirektor Eisinger zu, schüttelte ihm jovial die Hand und beugte sich zu ihm.

»Der Auringer«, sagte Carlo mit einem Nicken zur Leinwand zu Sabine. »Der Staatssekretär im Wirtschaftsministerium.«

Einen kurzen Augenblick lang tauchten seine Kollegen Batic und Leitmayr vor seinem inneren Auge auf. Im vergangenen Jahr hatten sie noch zusammen hier gesessen. Ein bisserl waren die beiden schon immer Vorbild für ihn gewesen, und unbewusst eiferte er ihnen nach, was für die Dienststelle nicht das Schlechteste war. Er hatte von einem Auftrag gehört, der sie hinderte, heuer dabei zu sein. Seit drei Tagen waren die zwei kaum mehr im Präsidium gewesen. Hinter wem die beiden wohl her waren? Jedenfalls waren sie mit dem Job vierundzwanzig Stunden im Dienst. War halt ihr Schicksal. Er musste sein Schicksal an diesem Tisch schließlich auch mit seinem Fußballverein teilen. Und mit der bildhübschen Frau seines Spezls Toni.

»Gell, Sabine?«, rief er ihr über den Tisch hinweg zu. Zum Anbeißen sah sie wieder aus. Große, weit auseinanderstehende Augen, ebenmäßiges Gesicht mit porzellanener Haut, sexy zerzauster roter Schopf. Ein Grübchen im süßen Kinn, für das er einen Monat lang auf jeglichen Alkohol verzichtet hätte. Oder sich zwei Wochen ins Fußballtor gestellt hätte, wenn's nicht anders ginge.

Vorn auf der Leinwand legte Staatssekretär Auringer gerade die Hand auf die Schulter von Generaldirektor Eisinger. »Du, ich hab da was läuten hörn, dass ihr verkaufen wollt. Das würdest du uns doch vorher wissen lassen, oder?«

Eisinger setzte Auringer gegenüber sein bekannt sonniges Lachen auf, warf jedoch Meindl, dem Werbechef, einen nervösen Seitenblick zu, so als wäre es ihm gar nicht recht, dass auch der die Frage des Staatssekretärs verstanden hatte.

Auringers Bemerkung war gewiss vertraulich gemeint gewesen, doch bei der Übertragung in den Nebenraum schien sie sogar Sabine mitgekriegt zu haben. Sie lachte Carlo mit einer Freude zu, als hätte sie soeben ein neues Logistiksystem für den Getränkehandel entwickelt.

Carlo zupfte an seinem Pferdeschwanz. Das roch nach Zoff. Sabines offensichtliches Anschmachten konnte er nicht mehr recht genießen. Denn das Gesicht, das Dr. Meindl jetzt machte, war eisig, verbissen. Ruckartig stand er auf, schniefte durch die Nase und schritt stocksteif durch die Gasse zwischen den Tischen, hinterrücks an Eisinger und Auringer vorbei.

Versonnen blickte ihm Direktor Eisinger einen Moment lang hinterher. Die Ablenkung dauerte nicht lange, dann widmete er sich wieder seinem wichtigen Gast.

»Nein, nein, an dem Gerücht ist rein gar nichts dran«, wiegelte er ab.

***

Im Gebewerbegebiet sah es nach Regen aus. Noch waberten Nebelschwaden zwischen den verlassenen Hallen hindurch und schienen immer wieder im Kunstlicht der Anlage zu verglühen. Vom letzten Niederschlag hatten sich große Pfützen auf dem Asphalt gebildet, die in kunstblaues Licht getaucht waren.

Auch über den Gesichtern der beiden Kommissare lag ein bläulicher Schein. Leitmayr stocherte mit der Spitze des Zeigefingers im Grübchen seines Kinns herum. Die

Stirn war sorgenvoll gefurcht wie so oft in seinem Kriminalerleben. Mit seiner ausgeprägt großen Nase war er geradezu prädestiniert zum beruflichen Schnüffeln.

Ivo Batic überwachte die Gegend mit wachem, entschlossenem Blick. Obwohl keiner der beiden Kommissare der Vorgesetzte des anderen war, neigte er bei dieser Ermittlung dazu, die Führungsrolle zu übernehmen. Leitmayr ließ es amüsiert zu, ohne seine Selbstständigkeit einzubüßen.

Das Tumtarä der Blasmusik hatten sie für den Augenblick ausgeschaltet. Doch in Batics Kopf wirkte das Gedudel nach. Unruhig pfiff er die Melodie. Seine Finger klimperten dazu auf den Oberschenkeln seiner Jeans herum.

»Ich glaub, das bringt nichts mehr, wenn wir noch länger hier rumsitzen«, meinte Leitmayr. Er nahm den Finger vom Grübchen, es war schon fast wund.

Batic fuhr sich durch seine widerspenstigen Locken. »Es kommt nicht drauf an, wie lang man wartet, sondern auf wen man wartet«, sagte er in bedeutungsvollem Ton. »Und wir warten auf Josef Markovic.«

Leitmayr hatte trotzdem die Nase voll. Er war müde. Drei Tage und zwei Nächte. Er konnte sich nicht erinnern, wirklich geschlafen zu haben. Verstohlen musterte er Batic aus dem Augenwinkel. Auch Ivo musste saumüde sein. Doch nie im Leben würde er es sich anmerken lassen. Wie viele Jahre arbeiteten sie nun schon zusammen? Sie kannten sich fast so gut wie Zwillinge. Er beobachtete Ivos schlanke Finger. Sie schienen eher einem Dirigenten zu gehören als einem Mordler, so wie sie die Tasten eines imaginären Instruments bearbeiteten.

Leitmayr stieß einen tiefen Seufzer aus, der Batic hochschrecken ließ. »Was ist?«, fragte er.

Leitmayr reagierte rasch. »Ach Mensch«, sagte er. »Seit

Tagen hängen wir an denen dran. Wenn wir jetzt den Sack zumachen, ist wenigstens was drin.«

»Ja, für die Drogenfahndung vielleicht. Ein paar kleine kroatische Dealer. Ich will den Auftragskiller. Josef Markovic will ich.«

»Das hast du schon dreimal gesagt.«

»Warum merkst du es dir dann nicht?«

Da war es wieder, dieses Bestimmende, Dominante. Doch Leitmayr hatte sich an Ivos Art von grimmigem Humor gewöhnt.

»Was verbeißt dich denn so, Ivo? Weil er ein Landsmann von dir ist?« Leitmayr griff sich an die Nase und unterdrückte ein Niesen. »Willst wohl dein Kroatisch auffrischen?«

»Sehr witzig«, gab Batic zurück. Er hätte wohl mehr sagen wollen, wenn nicht das Funkgerät zwischen den Sitzen geknackt hätte.

»Position Delta meldet Obst- und Gemüsetransporter.« Ein Kennzeichen wurde durchgegeben.

Unwillkürlich lauschte Leitmayr konzentriert.

»Sieht aus wie Weißkraut«, sagte dieselbe Stimme.

»Gute Tarnung«, sagte eine andere.

»Es geht eben nichts über vitaminreiche Kost.«

***

Kaum war Braumeister Kiem vom Interview für Bayern Eins entlassen, tauchte er schon im Nebensaal bei seinen Fußballfreunden auf.

»Sabine, rutsch a bisserl«, sagte er und drängte sich zwischen Anton Irlbeck und dessen Frau auf die Bierbank. »Lass mi her zu deim Toni. Da is mir wohler als da drin.« Sein Lachen konnte nicht vertuschen, dass er ernste Absichten hatte.

Versonnen strich sich der Braumeister über den Kopf. Trotz seiner gerade mal gut vierzig Jahre hatte er bereits eine Glatze mit nicht sehr üppigem Haarkranz. Er nickte zur Leinwand hinauf, auf der noch immer der Tisch des Brauereivorstands zu sehen war. Groß im Bild das eisgraue, todernste Gesicht von Dr. Meindl, der sich mit Staatssekretär Auringer unterhielt. Zwischendurch goss sich Meindl Wasser ins Glas.

Neben den beiden witzelte Direktor Eisinger mit dem Nebentisch herum und ließ eine weitere Lage Bier für seinen eigenen und den Nachbartisch anrollen.

Kiem lachte und zeigte auf seinen Chef. »Schauts 'n euch an, unsern Dokter. Unsern *Werbechef!* Bier möcht er predign, und Wasser sauft er. Vor der Kamera, der Volltrottel!«

Ungläubig schüttelte er den Kopf und tippte sich mit dem Finger an die Stirn. Der Fußballertisch brach in lautes Gelächter aus. Der Kiem war bekannt für seine Faxen.

»Prost mitanand!«, rief der Braumeister und hob den vollen Steinkrug, den die Kellnerin ganz frisch vor ihn hingestellt hatte.

»Prost!«, rief der ganze Tisch im Chor. Alle stießen miteinander an, schwenkten die Krüge, nahmen einen tiefen Schluck, setzten den Maßkrug ab und machten dann dort weiter, wo sie vorher begonnen hatten. Einer saß vor seinem Butterbrot, streute Schnittlauch drüber, salzte kräftig und biss herzhaft hinein. Seine Frau verteilte eine aufgeschnittene Tomate auf einem Kanten Brot und legte zwei Schweinswürstl darüber. »An Senf bräucht i halt no«, klagte sie und sah sich um. Am Ende des Tischs ruhte einsam auf fettigem Zeitungspapier ein Steckerlfisch. Er lag halbiert da; ihm war bereits der Kopf abgeschnitten worden, die Haut abgezogen und der Schwanz entfernt. Das Holzsteckerl, auf das er gespießt worden war, lag verloren daneben.

»Gebrannte Mandeln!«, rief eine hübsche Verkäuferin im rot-weiß karierten Dirndl, die mit einem Bauchladen durch die Gänge zwischen den Bänken schritt. Eine andere, blau-weiß kariert, bot Zigaretten und Zigarren an, ein kracherter Mann in Lederhosen mit gestickten Hosenträgern hielt tausend bunte Luftballons an einer Leine.

Es war schwül und laut im Saal. Die Gäste wischten sich mit schweißnassen Taschentüchern die Stirn trocken. Sie schwitzten, erstickten halb, wurden taub und betrunken und waren trotzdem – oder gerade deswegen – glücklich.

Sabine Irlbeck hatte bald keine Lust mehr, die Stimmung allein zu genießen. Ständig wanderte ihr Blick über den Tisch und versenkte sich in Carlos Augen. Schließlich schob sie Kiem zur Seite, stand auf, ging um den Tisch herum und quetschte sich neben den Angebeteten. Erst zupfte sie ihn am Zopf, dann langte sie über den Tisch und zog ihren Maßkrug heran.

»Prost, Carlo«, sagte sie mit Unschuld im Blick.

»Prost, Sabine. Rutsch a bisserl näher.«

»Glei«, sagte Sabine, nahm Carlos Gesicht in beide Hände und drehte es zur Leinwand hin. »Da schau hin.«

Im Nebenraum war Dr. Meindl wie von der Tarantel gestochen aufgesprungen. Den Staatssekretär ließ er einfach sitzen. Das Wasserglas war leer.

»Der is ja käsweiß«, meinte Sabine.

»Und wütend wie Sau«, betätigte Carlo.

»Und dass die Kapelln grad einen Tusch spielt, des is bestimmt net für ihn«, kommentierte Braumeister Kiem. »Und recht wird's ihm auch net sein.«

ZWEI

Jiří Hašek stammte aus einem kleinen Ort bei Plzeň, zu Deutsch Pilsen, im schönen Tschechien. Dieser Ort, wo der Hašek Jiří geboren wurde, hieß Kozolupy. Sein Vater hatte dort eine Schneiderei, die Mutter noch drei Kinder, zwei Mädchen, einen Buben.

Jiřís Beruf: Bierbrauergehilfe. Sein Hobby: Puppenspieler.

Gelernt hatte Jiří zuerst Kraftfahrzeughebebühnenmechaniker bei Škoda. Aber da wurde man dreckig. Also wechselte er zu Stock Plzeň-Božkov, einem Spirituosenhersteller, *pálenka* auf Tschechisch, Schnaps auf Deutsch. Da bekam Jiří freien *pálenka*, aber Jiří mochte Schnaps nicht besonders. Und so kam er zu Plzeňský Prazdroj, dem Pilsener Urquell, und lernte dort den Beruf des Braumeistergehilfen. Jetzt wusste er genau, wie das Bierbrauen ging.

Gerste wird durch Keimen in Malz verwandelt. Malz wird zertrümmert und mit Wasser erhitzt. Dann kommt das, was Jiří auf Deutsch nie richtig wusste. Im Wörterbuch stand »Maische«: Malz wird also gemaischt und heißt dann Würze. Würze wird gekocht, Hopfen zugegeben, später noch die Hefe.

Und dann: Gären, gären, gären in großen Gärtanks im kühlen, dunklen Gärkeller oder im Sudhaus. Würze wird zu Alkohol, und das ist schon das Jungbier, das geht ganz schnell.

Das Jungbier wird in Lagertanks geschlaucht und reift, vier, fünf Wochen oder mehr, bis es Bier ist und in Flaschen abgefüllt wird.

Deutschland war für Jiří das Land der unbegrenzten

Möglichkeiten. Mit all seinem Wissen kam er schließlich nach München, das nur dreimal so weit entfernt von Plzeň war wie Prag. Die Benedictus-Brauerei hatte gerade eine Stelle frei, und Jiří wurde der große Meister im Benedictus-Sudhaus.

Neben dem Bierbrauen brachte Jiří noch eine andere Leidenschaft mit nach München. Plzeň, seine Heimatstadt, war die Stadt der Marionetten, und Josef Skupa war der Altmeister dieser beweglichen Gliederpuppen. Er schuf Figuren wie Spejbl und Hurvínek, die legendären Ruf genossen. Jiří übte sich in dieser komplexen Kunst, bis er als Puppenspieler am Marionettentheater der Stadt aufgenommen wurde.

Auch in München spielte er bald den Papageno in Mozarts Zauberflöte im Marionettentheater am Sendlinger Tor. An seinem Arbeitsplatz im Benedictus-Sudhaus hatte er immer wieder Gelegenheit, für die Proben zu üben, und später, wenn er wieder nach Plzeň zurückkehren würde, weil er reich geworden war und eine Frau gefunden hatte, würde er wieder mit seinen Puppen bei Skupa auftreten. Und er würde jedes Spiel des HC Lassels Plzeň anschauen, denn Eishockey war Jiří Hašeks dritte große Liebe.

***

»Kennts ihr den Witz«, fragte Anton Irlbeck am Nockherberg, »von dem einbeinigen bierbrauenden Mönch und der abstinenten Nonne?«

»Na«, sagte Braumeister Kiem. »Aber der fängt scho guat o.«

Sabine und Carlo hatten kein Ohr für den Witz von Sabines Mann. Beider Konzentration galt ihren Händen unterm Tisch. Seine rutschte wie zufällig in Sabines Schoß. Er war sich erst unsicher, doch es fühlte sich gut an. Ihre wanderte um Carlos muskulösen Rücken herum und umfasste verstohlen seine Hüfte. Die andere Hand stützte sich an der Bank ab. Nach jedem Schluck begegneten sich ihre Blicke, und sie lächelten selig. Der Toni, registrierte Carlo zufrieden, war abgelenkt. Mit den Händen untermalte er den dreckigen Witz vom einbeinigen Mönch. Den hatte er bestimmt schon ein Dutzend Mal erzählt.

Kiem hörte ihn offensichtlich zum ersten Mal. Er bog sich vor Lachen. Auch die anderen lachten schweißtriefend mit. Bis die Bedienung kam und Kiem kommentarlos, aber mit wichtiger Miene ein Telefon in die Hand drückte.

»Ja«, sagte Kiem in den Hörer und zog die Stirn in Falten. »Was ist?«

***

Jiřís Hand führte den Papageno mit den akrobatisch beweglichen Fingern seiner rechten Hand. Der Papageno trug ein buntes Federkleid und hatte eine Hakennase wie ein Adler. Er trippelte an tausend Schnüren über den gefliesten Boden des Sudhauses und winkte seiner Freundin Papagena zu, während Jiří immer wieder einen wachen Blick auf die Armaturen am Steuerstand warf. Als das dreimalige Signal ertönte, legte er die Puppe ab, ging nach vorn und übertrug die Zahlen von der Anzeige in seine Kladde.

Jiří hatte einen wunderbaren Blick durch die wandbreiten, deckenhohen Glasfenster auf die gesamte Brauereianlage und auf den Hof. Er musste nicht in unterirdischen Gärkellern arbeiten wie früher. Er bekam die Sonne mit. Ihn umgab eine Armee von elefantengroßen Sudkesseln aus Kupfer, deren Rohre in einer Sammelleitung entlang der haushohen Decke verschwanden. Die Rohre waren so dick, dass ein ausgewachsenes Schwein hineingepasst hätte. Jiří kannte jeden Quadratzentimeter seiner Kessel, die

Seitenluken, das Schauglas, das Abgasrohr, die Rundinstrumente, die Verbindungen. Jiří liebte sein Sudhaus. Hier war er der eigentliche Herrscher. Sein Chef, Braumeister Kiem, redete ihm nicht groß rein. Und er war die meisten Stunden allein mit den Kesseln, saß am Steuerstand mit den Instrumenten und überwachte, kontrollierte und sorgte für die richtige Mischung und Temperatur.

Das erlaubte ihm, sich statt mit Kreuzworträtseln oder albernen Fernsehkrimis mit seinen Puppen zu beschäftigen.

»*Alle Parkplätze rund um die Benedictus-Brauerei …*«, drang eine Durchsage aus seinem Kofferradio, »*… sind belegt. Die Polizei empfiehlt auch aus alkoholischen Gründen die Benutzung öffentlicher Parkplätze oder öffentlicher Verkehrsmittel. Radio Uptown schließt sich dieser Empfehlung ausdrücklich an.*«

Plötzlich hörte er Schritte. Jemand hatte die Tür geöffnet. Mitten in der Nacht? Eine Gestalt eilte zwischen den Sudkesseln hindurch. Ein großer, hagerer Mann. Schwere, eilige Schritte. Es war gespenstisch. Hatte der Wachdienst nicht aufgepasst?

»Hallo!«, rief Jiří in einer Mischung aus Neugier und Furcht in die Halle hinein. »Hier darf niemand herein!« Das war noch nie passiert, dass jemand unangemeldet und unerlaubt zu so später Stunde im Sudhaus auftauchte. Wenn Braumeister Kiem abends kommen wollte, rief er vorher auf dem Handy an. Und wenn der Wachmann ein paar Worte mit ihm wechseln wollte, leuchtete er mit der Lampe durch die Glastür und gab Morsezeichen. Offenbar hatte die Tür offen gestanden. Das war noch nie passiert. Er musste etwas tun.

Jiří stand auf und ging um den Steuerstand herum. Er schaltete die Schreibtischlampe aus, um nicht geblendet zu werden. Mit Deckenlicht hätte er zwar bessere Sicht gehabt, doch nun sah er wenigstens die Silhouette.

»Abend«, sagte der Mann und drehte sich um.

Jiří erkannte den Eindringling im Anzug. Nun musste er sich beeilen. Schnell schaffte er den Papageno zur Seite. Legte die Kladde auf den Tisch. Rückte die Träger seines Drillichs zurecht. Fuhr sich durchs Haar. Schob die Brille nach oben. Legte die Hände an die Oberschenkel. Lachte befreit.

»Ah, Entschuldigung, Herr Doktor. Hab ich Sie gar nicht sofort gekannt.« Dr. Meindl trug einen grauen Anzug. Weste. Gelbe Krawatte. Seine Brillengläser funkelten. Jiří hatte den obersten Chef noch nicht oft gesehen, und trotzdem fragte er sich unwillkürlich: War der Herr Doktor immer so blass? Um Gottes willen.

»Alle Pfannen sind in Betrieb?«, fragte Dr. Meindl.

Jiří vergewisserte sich, dass vom Papageno nichts mehr zu sehen war. Er ahnte schon die Fragen, die ihm sonst gestellt würden. Kreuzworträtsel ja. Aber eine lebendig wirkende Puppe?

»Ja, ja«, sagte er respektvoll. »Alles ist in guter Ordnung.«

Dr. Meindl sah durch ihn hindurch. Sein Blick flackerte.

»Kann ich mal den Sudrapport sehen, Herr ...«

Freilich, wer kann sich schon alle Namen merken. Wenigstens einmal sollte er ihn hören.

»Hašek, Jiří, Herr Dr. Meindl.«

»Also dann, Herr ...?«

»Hašek.«

»... Hašek. Den Sudrapport!«

Jiří kratzte sich hinterm Ohr. »Das ist schlecht jetzt, Herr Doktor ... Weil ich muss gleich hopfen.«

»Was müssen Sie?«

»Hopfen, Herr Doktor. Hopfenextrakt nachfüllen.«

»Ah so, ja. Trotzdem.«

Meindl kümmerte das Hopfen nicht. Er eilte auf den Steuerstand zu und griff sich die Kladde.

Hilflos breitete Jiří die Arme aus. »Herr Doktor, warten Sie bitte. Ich bin noch nicht fertig.«

Aber Meindl ließ sich nicht beirren. Er schob Jiří zur Seite und ging die zwei Stufen zum Steuerstand mit den beleuchteten Kontrollinstrumenten hoch. Mit breitem Rücken stand er vor Jiří, verglich die Zahlen der Anzeige mit den Tabellen in der Kladde.

Jiří wusste nicht, was er machen sollte. Er strich sich durchs Haar. Ruckelte an der Brille. Wartete ab.

Immer noch sprang Meindls Blick zwischen den Instrumenten und der Kladde hin und her.

»Zweimal Pils, Export auf Eins, Spezial auf Vier?«, fragte er schließlich.

Nu, scheint was zu verstehen, der Herr Doktor. Jiří nickte stumm.

»Na, was ist? Sprache verloren?«, herrschte Meindl ihn an.

Jiří fuhr zusammen. »Ja, ja. Richtig, ja«, beeilte er sich zu antworten.

»Drucken Sie mir ein Protokoll aus. Gesamtzustand. Alle Parameter.«

»Das ist schlecht«, versuchte Jiří erneut einzuwenden.

»Warum ist das schlecht?«

»Weil ich muss hopfen. Es geht um Minuten. Mindestens. Vielleicht um Sekunden. Braumeister Kiem …«

»Mir pressiert's, Herr …!«

Also tat Jiří, was Meindl verlangte. Kurz darauf fing der Drucker an zu rattern. Ein Diagrammblatt wurde ausgeschoben. Jiří überflog es mit einem routinierten Blick und zögerte, es dem Doktor auszuhändigen.

»Na, wird's bald?«, fragte Meindl unwirsch.

***

Im Festsaal ging es noch immer hoch her. Nur Braumeister Kiem hatte jede Farbe im Gesicht verloren, nachdem die Kellnerin ihm das Telefon gereicht hatte. Er zog ein Taschentuch heraus und wischte sich über die Stirn. Eine Minute später gab er der Kellnerin das Telefon zurück. Stand auf. Überlegte einen Moment und sah unwillkürlich zu Carlo hinüber.

Unterm Tisch nahm Carlo seine Hand schnell von Sabines weichem Oberschenkel und griff nach seinem Maßkrug. Ein Stock schien senkrecht in seinem Rücken zu stecken. Auch Sabine rückte widerstrebend von ihm ab.

Doch Kiem wollte nichts von Carlo. Sein Blick wanderte zu Irlbeck. Der verstand offenbar und erhob sich ebenfalls. Kiem legte ihm schwer die Hand auf die Schulter. Als wäre er ein alter Freund.

»Geh doch amal schnell mit«, sagte er. Dann nickte er den anderen flüchtig zu, einem nach dem anderen. »Mir san glei wieder da.«

***

Jiří zog das Diagrammblatt aus dem Druckerschacht und reichte es Meindl. Dabei machte er eine kleine Verbeugung, die allerdings nicht beachtet wurde.

Der Doktor riss ihm das Papier aus der Hand und eilte grußlos zur Tür.

»Gute Nacht, Herr Meindl«, sagte Jiří. »Gute Nacht, Herr *Doktor* Meindl«, fügte er noch einmal mit Nachdruck an, doch er war sich sicher, dass der Doktor weder das eine noch das andere mitbekommen hatte.

Jiří wunderte sich, dass Meindl mitten in der Nacht mit dem Sudrapport in den alten Gärkeller hinabstieg. In den Gärkeller, der doch nur mehr zu besonderen Anlässen betrieben wurde. Früher war er das gewesen, was das Sudhaus heute war.

CO_2-Alarm! Das große Warnpaneel, im Ausgang kurz vor der Tür an der Decke angebracht, schrie den Alarm unübersehbar hinaus.

Den Doktor schien das nicht weiter zu berühren. Er sah sich nur um und ging einfach weiter.

Neugierig ging Jiří hinterher, die gewundene Eisentreppe hinunter. Irgendwie kam es ihm gruselig vor. Als ob Geister früherer Zeiten dort hausten. Und da ging der Herr Dr. Meindl hin? Mit dem Sudrapport in der Hand? Das konnte nur eines bedeuten.

»Hallo?«, hörte er ihn jetzt rufen. Jiří duckte sich hinter einen Wandvorsprung.

Meindls Schritte hallten in dem weiten, grün gefliesten Gang, der zum verschlossenen Keller mit den Gärbecken führte. Der Doktor drückte den Sperrhebel an der Eisentür herunter, sah sich noch mal um, bediente den Lichtschalter und betrat den Raum. Die schwere Tür ließ er offen.

Leise wie ein Fuchs schlich Jiří die Treppe hinab. Durch ein Fenster konnte er das Geschehen vom Gang aus verfolgen. Deutlich konnte er Dr. Meindl sehen. Sieben Gärbecken in dem hohen Gewölbe, auch hier die Wände grün gefliest. Hunderte Male bestimmt hatte Jiří schon in einem Keller wie diesem gearbeitet, auch in der Nacht. Aber jetzt, wo der blasse Doktor prüfend seine Blicke schweifen ließ, wurde es ihm unheimlich. Vor allem als Meindl die Eisentreppe hinaufstieg zu der schmalen Galerie, die um die Gärbecken führte, in denen sich ein schaumiges, dunkel geflecktes Gebräu befand. Der Doktor holte sich eine Probekelle und eine Glaskaraffe, tauchte die Kelle in die Flüssigkeit und …

Das Licht ging aus.

Nur vom Abgang her, dort, wo Jiří stand, wurde der Keller notdürftig beleuchtet.

Dr. Meindl erstarrte.

***

Carlo hatte sich schnell wieder im Griff. »Scho recht«, rief er Kiem und Irlbeck laut nach. »Gehts nur. Mir trinken für euch zwoa mit.« Sabine nickte und lächelte ihm aufmunternd zu. Sie rückte erneut an ihn heran und lehnte sich an ihn. Carlos unterirdische Hand ertastete wieder ihr altes Ziel.

Im Hinausgehen blieb Anton Irlbeck stehen und streckte die Hand aus. Zuerst nahm er Carlo aufs Korn, dann sah er zu seiner Sabine hin.

»Aber schön sauber bleiben, ihr zwoa, gell?«, rief er. Dann erst folgte er Braumeister Kiem.

Carlo und Sabine sahen sich verliebt an und lächelten selig. Als ob er exakt ihre Absicht erraten hätte.

***

Jiří war sich sicher, dass das hier nicht mit rechten Dingen zuging.

»Hašek!«, rief Meindl. Es war fast stockdunkel. »Herr Hašek?«

Wieso rief der Meindl ihn? Er konnte doch nicht wissen, dass er so nah dran war. Dass er da draußen am Fenster stand. Und alles mitbekam.

Unten beleuchtete plötzlich der Schein einer starken Taschenlampe die Szene. Jiří kam sich vor wie im Zuschauerraum vor einer Bühne. Das Licht drang durch die Glastür auf der anderen Seite des Kellers. Jiří duckte sich, um nicht gesehen zu werden. Was hatte das alles zu bedeuten?

Ein Schatten tauchte auf. Näherte sich dem Doktor. Jiří hörte ein Geräusch, wie wenn Papier reißt. Er sah Fetzen, Schnitzel zu Boden fallen. Der Lichtkegel richtete sich auf Meindls Brust. Der hielt die Hand schützend vor die Augen.

Dann lag der Doktor plötzlich am Boden. Jiří hörte, wie er schrie, und sah, wie er mit Armen und Beinen zappelte. Wie eine Schildkröte auf dem Rücken. Seine Schreie klangen nach Angst. Nach Tod auf einer Opernbühne. Und Jiří war der Zuschauer, der nicht eingreifen konnte. Er war gelähmt vor Entsetzen. Vor allem als er zu erkennen glaubte, wer dort unten beim Doktor war. Nein, das konnte nicht sein! Ihm wollte das alles nicht in den Kopf.

»Was wollen S' denn?«, rief Meindl. »Was wollen S' denn? Lassen Sie mich los!«

Ein Schlag. Ein kurzes Röcheln. Dann war plötzlich Stille.

***

Langsam fuhr das Rolltor nach oben. Der vermeintliche Obst- und Gemüsetransporter, ein gelber Lieferwagen mit offener Ladefläche, fuhr mit gedrosselter Geschwindigkeit aus der beleuchteten Halle und hielt wieder an. Männer hasteten im Halbdunkel hin und her, beluden das Fahrzeug mit Behältern, die sie aus dem Innenraum heranschleppten. Alles erfolgte lautlos.

»Und Zugriff!«

Vor lauter Warten und Müdigkeit war Leitmayr am Steuer des BMW in den Sitz gesunken und eingenickt. Als Batic den Befehl ins Funkgerät bellte, schreckte er auf, wischte sich kurz den Schlaf aus den Augen und schärfte seinen Blick.

Die Tür des observierten Lagerhauses hatte sich geöffnet, vielleicht einen Meter weit. Drinnen war es hell. Zwei Männer schlichen in gebückter Haltung heraus, sprangen in den bereitstehenden gelben Pritschenwagen und fuhren an.

Leitmayr wachte endgültig auf, als er das Kennzeichen erkannte: M-C 4267. Im Bruchteil einer Sekunde reagierte er. Er startete den Motor, warf den Gang ein und das Blaulicht auf dem Dach an. Alles in einem Atemzug. Wenn man Jahre über Jahre den Minutenschlaf gelernt und praktiziert hatte, schüttelte man die Müdigkeit von einem Augenblick auf den anderen ab. Es gab keinen Verzug, und es kostete keine Mühe.

Batic presste die Lippen aufeinander, zog die Dienstwaffe und stieß Leitmayr mit dem Ellenbogen in die Seite. Er zischte ihm etwas zu, was Leitmayr nicht verstand. Aber das war auch nicht notwendig. In solchen entscheidenden Augenblicken verstanden sich die beiden blind. Der eine konnte fast körperlich spüren, was er dachte. Sie handelten instinktiv und antrainiert, gestärkt durch jahrelange Erfahrung in der Münchener Polizeiarbeit.

Im selben Moment, als der BMW losfuhr und das Blaulicht anging, setzte der gelbe Wagen zurück. Batic und Leitmayr hatten nur eine vage Vermutung, wer sich in dem Fahrzeug befand, doch eines war sicher: Ihre Gegner waren Profis, und sie rochen die Gefahr. Als sie merkten, dass ihre Chancen gegen null tendierten, gaben sie Gas und kurvten in einem Irrsinnstempo aufgeblendet auf das offene Tor im mannshohen Drahtzaun zu. Kisten, Schachteln und andere Behälter rutschten durch die Beschleunigung in hohem Bogen von der Ladefläche, knallten zu Boden und verteilten sich schlagartig wie Splitter nach einer Explosion. Der Fahrer des Lieferwagens hatte keine Chance, darum herumzufahren.

Leitmayr kniff die Augen zusammen, wischte sich den Schweiß ab, der sich über der Oberlippe gebildet hatte, und rammte die schlitternden Behälter frontal. Scheppernd und krachend knallten sie gegen den Stoßdämpfer und die Kühlerhaube und rutschten über den BMW hinweg. Die Lackiererei wird ihre Freude haben, dachte Leitmayr grimmig. Vor zwei Wochen erst hatte er das Fahrzeug mit zerschossenen Reifen und verbeulten Kotflügeln abgegeben. Er stieß ein kurzes Lachen aus, das wie Husten klang.

Der Lieferwagen stoppte und wendete. Raste im Rückwärtsgang zurück. Suchte erkennbar nach einem Ausweg, einem Fluchtloch. Schwach waren zwei Silhouetten im Führerhaus wahrzunehmen. Schlagartig wurden sie von links und recht angestrahlt. Die Bewegungsmelder an den Hallen hatten angeschlagen.

Batic, der die Einsatzzentrale längst schon verständigt hatte, warf die Tür auf. Im Fahren noch sprang er hinaus, die Pistole im Anschlag, und rannte im Schutz ihres Fahrzeugs voran.

»Markovic!«, brüllte er. Die Nachtluft schlug ihm ins Gesicht. Es war nicht unangenehm. Unwillkürlich hielt er die Hand vor die Augen, um vom Scheinwerferlicht des Lieferwagens nicht geblendet zu werden. Früher hatte er in solchen Situationen Angst gehabt, getroffen zu werden. Nun aber war er kühl, berechnend und konzentriert. Er wusste exakt, was zu tun war. Sie würden die Burschen kriegen. Wenn sie Glück hatten, war sogar Josef Markovic selbst dabei.

Der Pritschenwagen war eingekeilt. Auf der einen Seite von dem Polizeifahrzeug mit dem nervend regelmäßig kreisenden Blau. Auf der anderen Seite von dem Schrott, den er selbst produziert hatte. Beide Motoren heulten auf, als wollten sie zerspringen.

Hinter ihnen fuhr das Rolltor der Halle zu. Menschen schrien, brüllten Kommandos, rannten.

Batic und Leitmayr interessierte das alles nicht. Das waren kleine Fische. Sie wollten die großen fangen, am liebsten den Führer des ganzen Schwarms. Sie hatten die Netze ausgelegt. Nun mussten sie nur noch die Beute einsammeln.

Batic hatte die Fahrertür des Lieferwagens aufgerissen, Leitmayr die andere. Sie hielten den beiden, die auf den Sitzen saßen, die entsicherten Waffen an die Schläfe und zerrten sie heraus.

Ein dunkelhäutiger Mann am Steuer, eine rothaarige Frau daneben.

»An die Wand!«, schrie Leitmayr. »Hände übern Kopf!«

»Hände übern Kopf!«, wiederholte Batic scharf auf Kroatisch.

Beide Insassen lehnten sich gehorsam mit der Stirn gegen das Autofenster und legten die Hände über den Kopf.

Es gibt kein besseres Druckmittel als eine vorgehaltene Pistole. Sie kann sich zum Schlaginstrument entwickeln oder zu einem Monster, das ohne Vorzeichen den Tod speit. Diese Drohung wirkt immer, dachte Leitmayr zufrieden.

Fast unbemerkt waren die Männer vom Sondereinsatzkommando – grüner Kampfanzug, Kampfstiefel, Schutzschild, Helm mit Visier, vorgehaltene MP – in breiter Front über den Hof gestürmt und in die Halle eingedrungen.

»Stehen bleiben! Waffen weg!« – »Nimm die Pfoten hoch! Mach schon, du Arsch!« – An die Wand!« – »Keine Bewegung!«

Sie hatten keine Chance.

Leitmayr und Batic sahen es mit Freude. Nicht nur, dass die Bande gefasst war. Eine Mütze Schlaf winkte.

»Ein großer Erfolg war's nicht gerade«, konnte sich Leitmayr trotzdem eine kleine Lästerei nicht verkneifen. »Aus der Perspektive der Mordermittlung gesehen.«

»Du hast recht«, sagte Batic. »Der Haupttreffer ist nicht dabei. Aber die anderen verhören wir jetzt so lange, bis sie uns etwas über ihn erzählen.« Er lächelte milde.

»Ich hör immer ›wir‹ und ›uns‹«, bemerkte Leitmayr.

»Polizeiarbeit ist Teamarbeit, Franz«, gab Batic, heilig wie in einer Fastenpredigt, zurück.

DREI

Die Isar ist grün. Alles, was in anderer Farbe darin herumschwimmt, wird schnell bemerkt. Nach Nacktbadern bei gutem Wetter würden sich die Münchner nicht in jedem Fall umdrehen. Nach einem roten Schlauchboot schon eher. Vor allem wenn das Schlauchboot mit Tauchern besetzt ist. Und schon gleich, wenn diese Taucher ein Fahrzeug bergen. Als absolute Sensation aber wird es gewertet, wenn in dem Auto ein Toter sitzt. Dann drehen sich alle um, bleiben stehen, gaffen.

Als das Fahrzeug geborgen wurde, glaubten viele zuerst, es handele sich um Dreharbeiten. Die gab es in München an jeder Ecke und zu jeder Tageszeit. Passanten schlenderten an den rot-weißen Polizeiabsperrungen vorbei, betrachteten die Boote zu Lande und zu Wasser und beäugten aus sicherer Entfernung den triefnassen Toten mit den offenen Augen auf dem Fahrersitz. »Da schau hin, der spielt ja richtig echt. Voll cool!«

»Fahrzeug geborgen und gesichert«, meldete ein Feuerwehrmann über Lautsprecher, und irgendwann war auch dem Letzten klar, dass hier nicht gedreht, sondern tatsächlich gearbeitet wurde.

Der Wagen war mit dem Heck nach oben im Fluss getrieben, ein Passant hatte ihn geortet und die 112 verständigt. Taucher hatten ihn mit Spezialwerkzeug an die Oberfläche geholt und ans Ufer gebracht. Dort hoben die Feuerwehrler die Limousine mit einem gigantischen Spezialkran ins Gras. Erste Hilfe für den Fahrer war sinnlos. Er klemmte mit seltsam verrenkter Kopfhaltung hinterm Steuer, die Arme hingen schlaff herunter, auf der Stirn Blut. Grauer Anzug, graue Weste, gelbe Krawatte.

»Ich wette, der hat eine Brille getragen mit dem Gsicht«, rief einer zuerst halb im Scherz, bis sie die Brille tatsächlich neben dem Fahrersitz fanden.

Der Funk im Tatortfahrzeug der Polizei wollte dem der Feuerwehr in nichts nachstehen. Er spuckte das Kennzeichen aus. »Kennzeichen M, S-Z, drei-eins-sechs-zwo. Fahrzeughalter … Moment … Computer druckt …«

»Kommt jemand zum Auflesen?«, plärrte es statt des Kennzeichens aus dem Lautsprecher des Polizeifahrzeugs.

Die Antwort kam prompt. »Kollege Menzinger ist auf dem Weg zum Fahrzeug.«

»Na prima.«

***

Ausgelassen war Carlo mit Sabine übers Parkett gehopst. Tanzen konnte man zu den Klängen einer Trachtenkapelle nicht; die spielte nur Märsche und Polka. Und dazu ging bloß Hopsen und Drehen. Doch Carlo und Sabine war's egal gewesen. Sie hatten sich den Rest des Abends zusammen vergnügt, nachdem Braumeister Kiem Sabines Mann Anton aus dem Saal verschleppt hatte. Nach jedem Tanz war Sabine zusammengeklappt wie ein Taschenmesser und an Carlos breiter Brust gelandet, hatte gejuchzt und sich in seinem Pferdeschwanz verheddert, der halb aufgegangen war.

Dazwischen waren sie immer wieder von einer gewissen Melancholie erfasst worden, die dann eintritt, wenn Liebe hoffnungslos ist. Sabine konnte den Toni nicht verlassen, denn das hätte den Zusammenbruch des Betriebs bedeutet. Und Carlo war Junggeselle durch und durch. Er hatte viele gute Seiten, aber ein Familienmensch? Ja, geh!

Das sahen auch die anderen im Saal so. Sie waren eine große Gemeinde, die Fußballer, und dass die Sabine und der Carlo sich allweil schöne Augen machten, war lange bekannt, geduldet und wurde nicht einmal belächelt. Sie mochten sich halt, und sie wollten das Schönste aus ihrem Dasein machen.

Als Carlo sich wieder von Sabine löste, hatte er keinen blassen Dunst davon, was das Leben in den nächsten Stunden an Überraschungen für ihn bereithielt. Das Erwachen am nächsten Tag hatte er sich jedenfalls sanfter vorgestellt.

»Ja. Menzinger«, nahm er halbwach den Anruf entgegen. »Max-Joseph-Brücke? Okay. Geht gleich los.«

Er wurde zu einer Ermittlung in die Stadt gerufen, die Kollegen Leitmayr und Batic waren nicht aufzutreiben. Also war er der Chefermittler!

Kaltes Wasser ins Gesicht. Zähne putzen. Frisur ordnen. Klamotten an. Tatortutensilien zusammenklauben.

Als der Wagen aus der Isar geborgen war, hantierte Carlo auf dem Weg zum Unfallort schon mit der Tatortkamera herum. Obwohl er sich gar nicht gut fühlte. Und man sah's ihm auch an.

»Na, Carlo«, begrüßte ihn ein Uniformierter viel zu munter. »Hat dich die Grippe erwischt?« Er hob die rotweiße Polizeiabsperrung hoch und ließ Carlo durch.

»Ach, geht scho«, wich Carlo aus und zog seinen Hut tiefer in die Stirn.

Er kam gerade recht zum Unfallfahrzeug, um die nächste Durchsage mitzubekommen.

»Halter des Fahrzeugs ist Maximilian Meindl. Wohnhaft in München, Shakespeareplatz.«

Schau an, dachte Carlo. Vornehmes Viertel in Bogenhausen, grad mal drei, vier Kilometer östlich von hier. Alte Villen, stille Wohnstraßen, große Gärten, kleine Parks. Isarnähe. Fahrradlrevier.

»Gleich neben dem Bogenhauser Friedhof. Des is ja praktisch«, witzelte eine der Polizistinnen und erntete eine Salve böser Blicke.

»Da hat er aber eine schlechte Abkürzung genommen«, sagte einer über Funk.

Carlo schob den Hut wieder höher. Tatsächlich. Da lag er mit blutiger Stirn, der Meindl von heut Nacht. Der Werbechef der Benedictus-Brauerei. Seltsam. Sehr seltsam. Als quietschlebendig hatte man ihn vorher auch nicht grad bezeichnen können. Er hatte bedrückt gewirkt, als sei ihm etwas über die Leber gelaufen. Und er hatte nur Wasser getrunken. Darüber hatte der Kiem sich so aufgeregt. Dieser Meindl allerdings hier im Auto roch auf zehn Meter gegen den Wind nach Bier.

Carlo zückte die herrlich altmodische Dienstkamera und schoss eine Serie Polaroids. »Was ist mit Batic und Leitmayr?«, ranzte er den Uniformierten schlecht gelaunt an.

Der hatte den Reißverschluss seiner Lederjacke geöffnet. »Beruhig dich, Carlo«, sagte er. »Die waren die ganze Nacht mit der Drogenabteilung unterwegs, und jetzt sinds immer noch beim Verhör.«

Carlo ging der Hut hoch. »Sinds vielleicht nimmer bei uns Mordlern beschäftigt? Ich war auch die ganze Nacht unterwegs. Wenn die net auftauchen hier, dann könnens mich am Arsch lecken. Dann mach ich's halt allein.«

»Hörst eben beim nächsten Mal auf, wenn's am schönsten ist«, riet ihm der Uniformierte.

Der alte Spruch. Der galt aber nicht für die Zeit mit Sabine. Mit der war's noch lange nicht am schönsten gewesen. Aber nun, wo ich schon mal da bin, dachte Carlo, mach ich halt diesen Fall zu dem meinen. Wenn die zwei jetzt bei den Giftlern mitmischen.

Inzwischen war auch der Polizeiarzt am Fundort. Der Preuße mit der Glatze. Carlo sah, wie er sich in den Wagen beugte. Den Toten begutachtete. Fingerte und schnüffelte. Nach einer Weile richtete er sich wieder auf und schaute Carlo angewidert an.

»Hallo, Herr Menzinger. Da ist nicht mehr viel zu machen. Der Mann stinkt dermaßen nach Bier. Der ist randvoll mit Alkohol. Dass der überhaupt noch einen Meter fahren konnte, ist ein Wunder. Tja, Starkbier ist ganz schön brutal. Und das hier ist eine eindeutige Geschichte.«

Carlo klangen noch die Worte des Braumeisters Kiem in den Ohren: »Bier möcht er predigen, und Wasser sauft er. Vor der Kamera, der Volltrottel.« Eindeutig: Nie und nimmer war der Meindl randvoll mit Bier. Da war was oberfaul.

»Nix eindeutige Gschicht«, sagte er zum Doktor. »Wettma, dass der stocknüchtern is? Bei der Obduktion wird's ja herauskommen. Aber eins ist allerdings richtig: Starkbier hat eine brutale Wirkung.«

Carlo lehnte sich zurück und schaute hoch ins Geäst des einzigen Nadelbaums weit und breit. Er meinte sogar zu wissen, dass auf den gesamten x Kilometern Isarstrand kein einziger weiterer mehr wuchs. Keine Fichte, keine Lärche, schon gleich keine Tanne. Dort oben, am vorletzten Ast, saßen zwei Krähen, reglos, als würden sie nichts sehen und nichts hören. Ob der Alkoholgeruch sie schon betäubt hatte?

Carlo musste überlegen: Wie viele Maßn hatte er selbst getrunken? Zuerst eine, als er noch der Sabine gegenübergesessen war am Tisch. Und dann zwei, als er neben ihr saß. Und von ihrer zweiten Maß auch noch ein paar Schluck. Bestimmt den halben Maßkrug voll. Und – waren da nicht auch noch ein paar Kurze gefolgt? Herrschaftszeiten!

Vorsichtig ging er in die Hocke und stützte sich auf den Oberschenkeln ab, Kopf mit Hut nach unten.

Er schaute hinüber zu dem neunmalklugen preußischen Polizeiarzt. Als käme er grad von einem Patientenbesuch zurück, stand er hinter der Absperrung und unterhielt sich mit dem Uniformierten. In der Zeit nach der Leichenbeschau hatten die zwei sich noch keinen Meter weiterbewegt. Der eine redete, der andere hörte zu. Anschließend wechselten sie die Rollen. Vermutlich waren sie beide bloß hier, um sich ungestört unterhalten zu können.

War er etwa für die zwei Ratschkarteln auch noch verantwortlich? Carlo hatte keine Lust, darüber nachzudenken. Ihm ging Sabine nicht mehr aus dem Sinn. Ihre roten Haare, das süße Grübchen im Kinn, ihr hungriger Blick! Er seufzte leise.

Einen letzten Blick warf er noch auf den Meindl. Ganz schön tot war der. Klaffende Stirnwunde, offene Augen, komische Sitzhaltung. Carlo blies die Backen auf und ließ die Luft ganz vorsichtig wieder ab. Das wiederholte er dreimal. Gerade hatte er mit dem vierten Mal begonnen, da stand der Doktor neben ihm. Da schau her. Endlich hatte der seinen Arsch hochgekriegt.

»Ist Ihnen nicht gut, Herr Menzinger?«, fragte er.

Carlo verdrehte die Augen und schüttelte den Kopf. »Alles klar. Tibetanische Entspannungsübung. Mhmm.«

VIER

Randvolle Ordner in überquellenden Schränken, Ordner auf dem Tisch, am Fenstersims, alle mit kunterbunten Rücken. Zettelstöße, Aktenberge, ein Rucksack und ein leeres Holster an einem Nagel an der Wand, ein ausgeschalteter Ventilator, eine schwarze Tischlampe, ein Schwarzes Brett mit Zeichnungen, Skizzen vom Fundort des Wagens, Fotos von alten Fällen, Notizen, alles ungeordnet. Eine Kaffeemaschine mit abgeschnittenem Kabel. Der Stecker daneben. Carlos Nische im Gemeinschaftsbüro Batic/Leitmayr/Menzinger.

Batic schaute Leitmayr genervt an.

Der schlürfte vorsichtig seinen Espresso. Untertässchen in der einen Hand, Tässchen in der anderen. Fehlte noch, dass er den kleinen Finger abspreizte.

Wie lang kannte er den Franz eigentlich schon? Hundert Jahre? Hundertfünfzig? Batic war froh, dass er mit Leitmayr zusammenarbeitete. Einmal sollten sie getrennt werden. Batic hätte eine Kollegin bekommen, eine Norddeutsche. Zehn Tage hatte es gedauert, bis sie gemeinsam den Wechsel wieder rückgängig machen konnten. Sie hatten einander vermisst wie ein altes Ehepaar.

Leitmayr war eine Seele von Mensch. Diese Seele bemerkte nicht einmal den Saustall hier in Menzingers Ecke. Batic dagegen bemerkte ihn sehr wohl.

»Ich glaub das nicht«, sagte er. Wie ein Zauberkünstler seine Spielkarten fächerte er mit den Fingern ein Dutzend Zettel auf. »Schau dir dieses Chaos an. Diese Zettelwirtschaft. Das ist doch keine Ermittlungsarbeit!« Richtig aufregen konnte er sich über so etwas. Die Genauesten waren sie selbst ja auch nicht. Aber so was?

Wie immer wiegelte Leitmayr ab. »Jetzt lass ihn halt. Er kann doch später alles ordentlich protokollieren.« Er griff sich ein Foto vom überfüllten Schreibtisch, überflog es und heftete es demonstrativ an die Pinnwand.

»Himmelherrgott! Warum wird er denn plötzlich so ehrgeizig? Mir stinkt das, dass er ...« Batic ging zum Doppelfenster, um es zuzumachen. Seit Tagen lärmte draußen eine Baustelle.

»... dass er was, dass er unsere Arbeit macht?«, fragte Leitmayr. »Vielleicht ist er als passionierter Biertrinker gar nicht so schlecht für den Fall.«

Jetzt begann Batic erst richtig zu schäumen. Er konnte es auf den Tod nicht ausstehen, wenn einer aus der Gemeinschaft ausscherte. »Polizeiarbeit ist Teamarbeit«, hätte er sagen wollen, aber das hatte er schon zu oft gesagt. Deshalb drückte er es anders aus. »Hat jetzt jeder hier sein Spezialgebiet, oder was?«

»Du hast wirklich eine Art«, sagte Leitmayr, »einen jungen Kollegen so richtig aufzubauen.« Er platzierte sich breitbeinig vor Batics Schreibtisch. »Sieh's doch mal so: Was dem einen sein Josef Markovic, ist dem anderen seine Stammwürze. Wenn du das verstanden hast, wird's dir vielleicht besser gehen.«

Genau in dem Moment schlenderte Carlo durch die offene Tür. Er trug ein rot kariertes Flanellhemd über einem grauen T-Shirt.

»Genau«, sagte er munter. »Ich hab gehört, was ihr gesagt habt. Ich wollt euch nicht belauschen, aber ich bin halt grad dagestanden.« Er schüttelte sich wie ein Hund. »Sagt mal, der läuft immer noch frei herum, der Kroate?« Er steuerte auf die Pinnwand zu.

Batic setzte sich an seinen Schreibtisch und nahm einen Packen Zettel in die Hand. »Keine Angst, Carlo, den kriegen wir schon, den Kroaten, bevor er dir was tun kann.«

»Ja, wunderbar. Dann bin ich ja beruhigt«, sagte Carlo. Aus irgendeinem Grund schien er im Höhenrausch. Er war kurz davor, zu fliegen. »Dann kümmer ich mich um den ganz gewöhnlichen Bierrausch mit Absturz.« Er deutete auf das Foto des toten Meindl an der Pinnwand. »Oder trauts ihr mir das nicht zu?«, hakte er mit hochgezogenen Augenbrauen nach. »Ich bin am Fundort gewesen. Fundort ist nicht gleich Tatort. Der ist umgebracht worden, ich sag's euch! Angeblich soll er im Vollrausch mit seinem Auto in die Isar gestürzt sein. Soll sich ein bisschen verfahren haben, weil er besoffen war. Tatsächlich hat die Leiche auch ganz grauslich nach Bier gestunken. Aber mir alle haben gsehen, dass der Herr nur Wasser getrunken hat, da gibt's Tausende Zeugen. Ich zum Beispiel, die Sabine ...«

Er sah zu Leitmayr hin, als ob er Beistand erwartete.

Doch der winkte ab. Er hätte nur gern gewusst, wer Sabine war.

»Das hat doch damit nichts zu tun«, warf Batic vom Schreibtisch her ein. »Mir sind zwar mit einem anderen Fall beschäftigt, aber ...«

»Aber was?«, sagte Carlo und imitierte den kroatischen Akzent, der bei Batic manchmal aufblitzte, wenn er aufgeregt war oder schnell sprechen musste. »Vertrrrauen gutt. Kontrrrolle besser?«

Leitmayr trank seinen Espresso aus und stellte die Tasse auf den Tisch. »Is scho recht, Carlo. Der Fall Meindl ist dein Bier. Du hast die Spur aufgenommen, und du sollst ihn auch zu Ende führen.«

Carlo nickte und wandte sich zum Gehen. Ein letzter Blick zurück. Er sah Batics Miene und wusste sofort, dass es ihm nicht recht war. Der Beweis folgte auf dem Fuß.

»Aber wenn du Murks machst«, sagte Batic, »dann ist es *unser* Bier. Weil, wir tragen die Verantwortung.« Er spielte mit ein paar losen Blättern auf Carlos Tischplatte, als ob er nach etwas suchte, dann musterte er Carlo. »Sag mal, was sagen eigentlich die Angehörigen von dem Dr. Meindl? Die Verwandten? Ich find da nichts. Gibt's da keine?«

Hilfesuchend schaute Carlo wieder zu Leitmayr. Der zuckte mit den Schultern.

Carlo verzog das Gesicht zu einer Grimasse. Es war ihm erkennbar peinlich, dass das noch nicht erledigt war. »Doch, da gibt's a Frau. Die Frau Meindl.« Kleinlaut breitete er die Hände aus. »Da bin i no net dazukimma. I hab das Wichtige zuerst gemacht. Tut mir leid.«

»Das ist doch mit der allererste Weg in einer Ermittlung«, sagte Batic wie zu einem Kind. »Da findet man doch gleich zu Anfang eine ganze Menge raus. Wertvollste Informationen, die einem die nächsten Schritte praktisch von selber vorbereiten. Herkunft, Erziehung, berufliche Laufbahn, Weibergeschichten, schräge Geschichten, seine Liebhabereien, Leidenschaften und Laster. Um bloß einen kleinen Auszug zu nennen. Oder man kriegt eben gar nix raus. Dann ist's einer von diesen ebenförmigen, stromlinienförmigen Typen, bei denen du nicht einmal einen Fingerabdruck finden wirst, so glatt sind die. Sag mal, Carlo, was treibst du denn so die ganze Zeit?«

Noch nie hatte er Batic so lange an einem Stück reden hören. Und so hochdeutsch. Carlo sah von Leitmayr zu Batic und zurück. Beide machten ein versteinertes Gesicht. Da ging ein Ruck durch ihn. Er klatschte sich den Hut auf den Kopf, schwang sich die Jacke über die Schulter und warf den beiden im Hinausgehen zu: »I find des eh besser, wenn ihr des allein machts. Wegen der Verantwortung und so. Mhm?« Damit war Carlo Menzinger hinaus.

Und kam postwendend noch einmal zurück.

»Mir ist da grad eine Parabel eingefallen«, sagte er mit hochrotem Gesicht. »Ein *Gleichnis.*« Fast schien es, als wollte er sich ohne Worte wieder zurückziehen. Doch dann stemmte er einen Arm gegen den Türrahmen und versuchte zu seinem Gleichnis zu lächeln.

»Also passt auf. Zwei Schulbuben treffen sich auf einem vermüllten Spielplatz und kämpfen darum, wer der neue Anführer wird. Es geht hin und her. Einer gewinnt schließlich, und der ist dann der Anführer. Und jetzt kommt's: Der Rest der Bande darf dem Anführer nachher in den Arsch kriechen.« Und damit wandte er sich endgültig zum Gehen.

Batic und Leitmayr sahen sich stumm an. Jeder dachte sich seinen Teil. Keiner sagte was.

»Der spinnt total, der Bulle.« Leitmayr war's, der die Initiative ergriffen hatte. »Kopf oder Zahl?«, fragte er.

»Was?«, sagte Batic.

Leitmayr warf eine Münze. »Wer verliert, muss hin«, sagte er.

»Wohin?«

»Frag net so blöd.«

***

Das Haus der Familie Meindl war eine Villa aus den dreißiger Jahren mit überdachtem Eingang, Balkonen und Terrassen. In einem altrosa Ton gehalten, strahlte sie trotz aller verspielten Eleganz Würde und Zurückhaltung aus.

Das nächste Haus war einen Steinwurf entfernt, wenn man weit werfen konnte. Ebenso das übernächste … und die Häuser gegenüber … Der Shakespeareplatz bildete sozusagen die verbindende Form. Wo man den Wagen wendete, wo man sich traf, wo man aufpasste, dass die Stadtverwaltung jeden zweiten Tag den Rasen des kleinen umzäunten Parks mähen ließ. Mächtige Buchen aus dem letzten Jahrhundert beschirmten das Wohnviertel. Es war eine ruhige, behütete Gegend. Dass hier einmal die Kriminalpolizei auftauchen würde, um die Witwe eines Ermordeten zu verständigen, war außerhalb jeglicher Vorstellung.

Batic fühlte sich mit seinem grauen Hemd und der dunklen Lederjacke dem Anlass entsprechend gekleidet. Vor dem Betreten des Anwesens fuhr er sich mit beiden Händen noch einmal durch die Haare. Es war eine symbolische, respektvolle Geste der Witwe gegenüber, denn dieses Haar war nicht zu bändigen.

Drinnen unterhielt er sich kurz mit dem Gärtner, der ihm geöffnet hatte. Er folgte ihm zu einem gestauten Bachlauf, wo der Mann gerade nach den Fischen sah. Eine japanische Brücke spiegelte sich im ruhigen Wasser. Der Himmel war fast wolkenlos. Nach dem Gesang der Vögel zu schließen würde es ein schöner Tag werden.

»Frau Meindl ist oben«, sagte der Mann.

Elisabeth Meindl empfing Batic – als ob sie bereits geahnt hätte, welch schreckliche Nachricht sie nun erreichen sollte – in einem Raum, bei dem es sich offensichtlich um das Arbeitszimmer ihres Mannes handelte. Sie war groß, dezent geschminkt, eine Dame in ihren Fünfzigern, die doch mädchenhaft wirkte und noch immer gut aussah. Sie trug ein beigefarbenes Kaschmirjäckchen zu einem dunklen Rock; ihr tizianrotes Haar war um den Kopf geschlungen und hinten mit einer Klammer befestigt. Ihren Hals zierte eine zierliche Goldkette. Da Elisabeth Meindl nie berufstätig gewesen war, wie sie recherchiert hatten, ließ die Umgebung auf ein gutes Einkommen des Ehemanns oder eine gütige Erbschaft schließen.

Auch das Arbeitszimmer war ein nobler Raum. Es lag auf der Beletage. Ochsenblutrote Wände mit Bücherregalen und Bildern, ein Kronleuchter, ein Schreibtisch mit PC und einem Foto von ihr. Von hier aus hatte man einen reizvollen Blick auf das großzügige umzäunte Anwesen und ausgedehnte Grünflächen, deren Weitläufigkeit nach Osten hin von edel bewaldeten Parkflächen unterbrochen wurden. Elisabeth Meindl stand mit dem Rücken zu Batic am Fenster und sah hinaus.

Batic hatte bisher nicht den Eindruck gehabt, dass die Frau etwas von ihrer Umgebung wahrnahm. Nach der Todesnachricht hatte sie apathisch und teilnahmslos gewirkt. Nun aber wandte sie sich um. Feuer sprühte aus ihren Augen.

»Nein, ich glaube nicht, dass es ein Unfall war«, sagte sie mit kräftiger Stimme.

Batic war erstaunt. Alles hätte er erwartet, nur diese Aussage nicht. »Frau Meindl, wir untersuchen das gerade«, wandte er vorsichtig ein. »Ich hoffe, Sie haben mich da nicht falsch verstanden.«

»Mein Mann ist tot. Sie sind von der Mordkommission. Was gibt es da falsch zu verstehen?« Sie sah ihm in die Augen. »Außerdem haben Sie recht.«

»Womit hab ich recht?«

»Sie haben recht. Mein Mann ist ermordet worden«, sagte sie schlicht.

Batic hatte Mühe, seine Überraschung zu verbergen. Diese Frau war klug und intelligent. Sie machte nicht den Eindruck, als bräche sie gleich in eine Verschwörungstheorie aus. Da steckte mehr dahinter. Sie wusste etwas, da war er sich sicher.

»Wie gesagt«, sagte er, nur um etwas zu sagen. »Frau …«

»Mein Mann …« Die Frau war stark. Dennoch glitzerten Tränen in ihren Augenwinkeln. »Mein Mann hat schon seit einiger Zeit eine Spur verfolgt. Eine Spur zu einer … wie soll ich sagen …« In ihre Augen trat ein eigentümlicher Ausdruck, den er nicht sofort zu deuten wusste.

Nun brachen die Dämme. Sie schluchzte, die Schultern bebten, sie verbarg ihr Gesicht in den Händen.

Batic senkte den Blick. Er konnte Frauen nicht weinen sehen.

Doch Elisabeth Meindl hatte sich schnell wieder gefasst. »... er hatte eine Spur verfolgt zu ... Manipulationen innerhalb der Benedictus-Brauerei mit dem Ziel, eine bestimmte Person reicher zu machen und die Partner übers Ohr zu hauen.«

Den Hund am schwarz-weiß gemaserten Marmorkamin hatte Batic noch gar nicht bemerkt. Er war ein alternder Schäferhundmix mit wachen Augen und viel Grau im Fell. Bei den letzten Worten seiner Herrin löste er den Kopf von den Vorderpfoten und heulte auf, als hätte er verstanden. Dann sank er wieder zurück.

»Können Sie mir das etwas genauer erklären, Frau Meindl?«

Sie zögerte.

»Na?«, sagte Batic und trat einen Schritt vor.

»Ich möchte keine falschen Beschuldigungen erheben.« Ihre Hände kämpften miteinander.

Solche Befragungen mochte Batic. Zeugen oder Zeuginnen, die sensibel waren und unausgesprochene Botschaften sandten. Wertvoller oft als Worte.

Elisabeth Meindl war so eine Zeugin. Man brauchte ihr nur in die Augen zu schauen und die Hände zu beobachten. Man durfte es nur nicht übertreiben. Zurückhaltung war das dezente Geheimnis.

»Aber Sie möchten doch, dass wir den Tod Ihres Mannes aufklären.« Sein Ton war sanft, fast beschwörend.

»Es geht um den Brauereidirektor ...« Elisabeth Meindl rang wieder mit Händen und Worten, sah sich um und dämpfte die Stimme fast unhörbar. »... Herrn Eisinger.«

FÜNF

Carlo Menzinger vermutete, dass er seinen Fußballspezl, den Braumeister Kiem, am ehesten im Labor der Benedictus-Brauerei antreffen würde.

Das Labor ist das Herzstück jeder Brauerei. Da werden die Mikroorganismen gezüchtet, Rezepte entwickelt, Fett- und Gerbsäure gemessen, schlichtweg der Inhalt des Biers, sein Charakter, festgelegt.

Und Carlo hatte recht.

Allerdings traf er Kiem in einer Situation an, die dem vielleicht gar nicht so angenehm war. Der Braumeister beugte sich gerade mit ziemlich knappem Abstand über die Schulter einer jungen Laborantin und sah ihr genau beim Prüfen zu. Ihr langes Haar elektrisierte von der Berührung.

»Die Probe ist jetzt vom 28. Februar«, sagte die junge Frau und hielt ihm ein Glas hin.

Kiem beugte sich vor. Für Carlo sah es fast wie eine Umarmung aus. Der Braumeister nahm einen Schluck aus dem Glas, kostete kurz und spuckte aus. Sehr viel konnte er nicht geschmeckt haben.

»Na, wie wär's am Wochenende wieder mit a'm Segeltörn am Ammersee?«, fragte er im Flüsterton.

Carlo hatte selten so viel Schmalz gehört. Höchstens in einer Fernsehsoap. Ein ganz neuer Zug an dem Kiem, dachte er. Ob es bei ihm wohl auch so kitschig klang, wenn er der Sabine …? Er musste einmal darauf achten oder sie fragen. Doch er wollte die zwei nicht belauschen.

»Mein Freund kommt. Das geht nicht«, bekam Kiem zur Antwort. Die Laborantin war aufgestanden.

»A geh. A bisserl was geht oiwei«, sagte Kiem und

rückte nah an sie heran. Er nahm sogar ihre Hand. Die sie ihm wieder entzog. »Stell di doch net so o«, schmachtete er.

Carlo hatte zwar Verständnis für derlei Anmache. Doch er wollte den Kiem allein sprechen. Dazu musste er sich bemerkbar machen. Wahrscheinlich heftig.

Er schob die Tür zum Labor ganz auf und stapfte hörbar hindurch.

»Servus, Kiem«, sagte er vernehmlich.

Der fuhr herum. »Servus, Carlo. Was machst'n du da?«

»I komm wegen dem Meindl.«

Kiem nahm einen hastigen Schluck aus dem nächsten Probeglas und wischte sich über den Mund. Die Laborantin rückte ein Stückchen von ihm ab.

Ein süßes Ding!

»Wegen was für'n Meindl?«, fragte Kiem doch tatsächlich. Carlo musste ihn wirklich auf dem ganz falschen Fuß erwischt haben.

Carlo besaß ein Talent fürs Stimmenimitieren. Perfekt äffte er seinen Spezl nach. »*Was für an Meindl*? Den Dr. Meindl. Euren Werbechef. Vorstandsmitglied. Gibt's da mehrere?«

Der Braumeister löste sich endgültig von der jungen Frau im weißen Kittel und lotste Carlo aus dem Laborraum in den grün gefliesten, hell erleuchteten Gang. Dort waren sie bis auf einen dunkelhäutigen, groß gewachsenen Mann, der die Fliesen mit einem Dampfstrahlgerät reinigte, allein.

»Was willst'n du vom Meindl?«, fragte Kiem.

»Von dem will koana mehr was. Der is heut Nacht mit seinem Auto die Böschung runter in die Isar. Für immer.«

Kiem erstarrte. Das Blut wich aus seinem Gesicht. »Um Gottes willen, das ist ja furchtbar«, stieß er aus. »Du machst an Witz, oder?«

»Na, bestimmt net. Mit so was mach ich keine Witze.«

Kiem schüttelte fassungslos den Kopf, hatte sich aber schnell wieder gefangen. »Des gibt wieder was für die Presse. Brauereivorstand derrennt sich nach dem Starkbieranstich im Suff mit dem Auto. Sauber.«

»Derrennen schreiben die net«, widersprach Carlo. Er kannte sich aus. »Zerlegen vielleicht. Der hat sich zerlegt.«

Sie gingen ein paar Schritte nebeneinanderher. Kiem öffnete eine Tür, schob Carlo in ein kleines, ebenfalls grün gefliestes Büro und setzte sich auf einen Hocker vor dem Computerbildschirm in der Ecke.

Im Suff, dachte Carlo. Woher weiß der Kiem, dass es im Suff gewesen sein soll? »Ah wo«, sagte er daher. »Der war stocknüchtern. Du hast dich selber noch drüber mokiert, dass er nur Wasser trunken hat. Vor laufender Kamera!«

»Ja scho«, gab Kiem achselzuckend zu.

Glänzende Schweißperlen hatten sich auf der hohen Stirn gebildet. Die Mundwinkel strebten nach Süden. Er schnaufte. Er nestelte an seinem Brauerkittel herum. Spielte mit der Computertastatur.

»Für mich is des a ganz a dilettantische Unfallinszenierung«, schob Carlo nach.

Kiem drehte sich vom PC weg und sah ihn an. »Du meinst, es war kein Unfall?«

Carlo lupfte seinen Hut für einen Augenblick. »Genau des mein i. Irgendjemand hat den Meindl umbracht. Und weil ich in dem Fall die Ermittlungen leite, komm i zu dir. Du bist mei Spezi, und du bist Braumeister. Du musst mir helfen. Mir zwei müssen aus dem trüben Sud wieder reines Bier machen, verstehst?«

Kiem, eine Hand an der Computermaus, sah ihn fragend an. »Seit wann leitest denn du solche Ermittlungen?«

»Das ist doch grad logisch, findst du net? I bin doch gradzu prädestiniert für so einen Fall. Ich kenn mich aus mit Bier, und du sagst mir, was ich hier drinnen wissen muss. Interna, Details. Ein kleines Braugehilfenseminar. Wie, wo, wann, was. Und so weiter. Woaßt scho.«

Carlo ging zur Tür. »So«, sagte er und atmete tief aus. »Und jetzt gehn mir als Allererstes ins Sudhaus. Würde der Herr bitte vorangehen?«

Kiem zögerte.

»Na komm«, sagte Carlo.

»Was willst'n du im Sudhaus? Der Meindl war doch einer von der Chefetage.«

Er rührte sich nicht vom Fleck, der Kiem. Wie ein störrischer Esel hatte er seine Füße in den grünen Fliesenboden gerammt und streikte.

»Da oben auf der feinen Etage is der Meindl sicher net umbracht worden«, meinte Carlo, eine Spur lauter. »Der hat dermaßen nach Bier gstunken.«

»Ich denk, der war stocknüchtern?«

Carlo zauberte ein schmales Lächeln auf sein Gesicht. »Ja, des is's ja grad. Des is das Problem.

***

»Achtung! Hier spricht die Polizei. Josef Markovic, verlassen Sie das Gebäude. Kommen Sie mit erhobenen Händen heraus.«

Leitmayr traf in buchstäblich letzter Sekunde in der äußeren Bayerstraße ein. Er war bei einer improvisierten Rasur gewesen, als ihn die Nachricht erreicht hatte, man habe Markovic in der Falle. Er hatte noch Schaum im Gesicht, als er den Trench schon überwarf und die Bürotür ins Schloss flog. Batic konnte er auf die Schnelle nicht erreichen. Das mussten die Kollegen erledigen. Mit Markovic war nicht zu spaßen. Doch Leitmayr kannte das System: Er würde ganz bestimmt nicht allein am Platz sein.

Minuten später war Leitmayr am Einsatzort. Er ließ sein Auto stehen und spurtete los.

»Josef Markovic! Das ist unsere letzte Aufforderung. Kommen Sie sofort aus dem Gebäude und nehmen Sie die Hände hoch!«

Der Komplex war großflächig umstellt. Alle Eingänge schienen besetzt. Leitmayr blickte nach oben und nickte unmerklich. Scharfschützen. Mehr im Unterbewusstsein nahm er eine männliche Gestalt im langen grauen Mantel wahr, die gemächlich aus einem Nebengebäude auf die Straße trat. Der Mann hatte den Kragen hochgeschlagen, einen struppigen Bart und den Hut ins Gesicht gezogen. Leitmayr schaltete blitzschnell.

»He, Sie. Hallo! Stehen bleiben! Bleiben Sie stehen!«, rief er, griff nach der Pistole im Holster und beschleunigte den Schritt.

Entfernung zehn Meter, kurz vor der Hausecke. Wenn der Unbekannte die erreichte, war er weg.

»Halt! Polizei! Stehen bleiben!«

Der Mann im Mantel wirbelte herum. Für den Bruchteil einer Sekunde konnte Leitmayr sein Gesicht sehen. Den brutalen Zug um den Mund. Das Aufflackern in den Augen. Die Waffe in der Hüfte sah er zu spät.

Der Mann feuerte augenblicklich. Zweimal, dreimal, viermal.

Leitmayr hatte den Eindruck, die Geschosse kommen zu sehen. Scheiße, dachte er. Das war's dann. Noch nie hatte ihn eine Kugel erwischt. Aber diesmal ... aus der kurzen Entfernung ... hatte er keine Chance. Er war noch in der Lage, sich zu beherrschen, um nicht laut aufzuschreien. Ein Gedanke blitzte auf, bevor ihm schwarz vor Augen wurde:

Batic?

SECHS

Als Batic Frau Meindl und die Villa verließ, wollte er Leitmayr verständigen, um sich mit ihm im Präsidium zu treffen. Er hatte den Wagen in eine Parkbucht vor dem Haus gestellt. Der Motor erwachte mit einem satten Brummen zum Leben. Batic legte den Gang ein und wollte rückwärts aus dem Parkplatz herausfahren, da quakte das Funkgerät. An dieses blecherne Geräusch würde er sich nie gewöhnen. Es klang wie Papageienkrächzen im Urwald.

»Hauptkommissar Batic, bitte melden. Batic, bitte melden Sie sich. Dringender Einsatz. Batic, bitte melden.«

Das klang ernst. Er fuhr rechts ran, ließ aber den Motor laufen.

»Batic.«

»Endlich. Wir hatten eine Schießerei mit dem Markovic. Den Leitmayr hat's voll erwischt.«

»O verdammt. Wo ist er jetzt?«

»Keine Ahnung. Der ist weg. Abgehauen.«

»Was? Der Franz ist weg?«

»Nein, nicht der. Der Markovic ist verschwunden.«

»Verdammt, ich will wissen, wo der Leitmayr ist!«

»Harlaching. Notambulanz.«

»Harlaching. Okay.« Mit dem Funk in der Hand gab Batic Vollgas. »Bin schon unterwegs! Harlaching.«

Er erhielt ein unverbindliches Knacken zur Antwort.

Das Städtische Klinikum in München-Harlaching ist ein Megabau. Batic orientierte sich zuerst an einer Bahre, die mit einem Sauerstoffbeatmeten durch eine selbsttätige Glastür geschoben wurde. Er lief hinter dem Pfleger her, erreichte ihn schließlich – und sah, dass die Bahre nicht der Franz sein konnte.

Er entließ die Bahre, rannte wieder nach draußen und wandte sich an einen wartenden Taxifahrer.

»Notaufnahme?«, fragte er ihn hechelnd.

Der Fahrer, ein Bilderbuchmünchner, tippte seelenruhig die Asche seiner Zigarette weg und sah Batic lange an, als erwarte er von ihm die Antwort auf die eigene Frage. Als nichts kam, fuhr er einen langen Arm aus und deutete nach rechts.

»Da drüben, siehst du des Vordach, und dann links, hinter dem Krankenwagen, dann rein und wieder rechts, den langen Gang entlang, dann die zweite Abzweigung, und dann die dritte Tür. Notaufnahme. Steht dro. Kannst gar net verfehln.«

Batic gab sein Bestes, aber es war zum Wahnsinnigwerden. Er irrte herum wie ein Besoffener, der sein Fahrrad sucht.

»Hallo! Entschuldigung, Schwester!«

Er klemmte sich neben eine Schwester, die mit Unterlagen unterm Arm raschen Schritts einen Gang – den zweiten nach dem Krankenwagen – entlangeilte, und schenkte ihr das sklavischste Lächeln, das hervorzuzaubern er derzeit in der Lage war.

Die Schwester mit dem Stethoskop um den Hals würdigte den Fremden keines Blickes.

»Entschuldigung, bitte. Ich such den Herrn Leitmayr. Schussverletzung. Wahrscheinlich gefährlich. Können Sie mir da helfen, Schwester?«

Die Schwester warf ihm einen kalten Blick zu. »Doktor«, sagte sie spitz.

»Nein, ich bin kein Doktor. Ich such einen Patienten bei Ihnen. Wahrscheinlich Intensiv. Den Herrn Leitmayr.«

Die Schwester blieb stehen.

Na, immerhin. Batic schöpfte Hoffnung.

»Aber ich bin Doktor«, stellte die Frau im weißen Kittel klar. »Was sind Sie denn? Angehöriger? Verwandter?«

So was Saublödes! Stethoskop um den Hals! Schild am Kittel: »Dr. Kluny«.

»Nein, nein«, sagte Batic. »Aber ...«

Dr. Kluny hatte sich wieder in Marsch gesetzt. Gänge in Kliniken können kilometerlang sein. »Kein Aber. Tut mir leid. Dann darf ich Ihnen keine Auskunft geben.«

Jetzt war es Batic, der anhielt. Er zückte seine Dienstmarke und hielt sie der Ärztin vor die Nase. »Ich glaube, Sie dürfen«, sagte er bestimmt.

Augenblicklich verwandelte sie sich von einem Besen in eine strahlende Frau. Nur ihr Akzent ...

»Warum haben Sie das denn nicht gleich gesagt, Herr Batik«, sagte sie und entblößte eine Reihe tadelloser Zähne. »Sie gehören dann ja sozusagen zur Familie. Welche Nachricht wollen Sie zuerst hören? Die gute oder die schlechte?«

Mei, diese norddeutschen Schnellsprecher. Haben wir denn keine einheimischen Ärzte in Bayern? Batic zuckte unentschlossen die Schultern.

»Also die schlechte. Ihr Kollege wurde in den Unterarm geschossen.«

Er schluckte. »Und was ist die gute?«

»Es war die Linke. Er ist doch Rechtshänder, oder?«, antwortete die Ärztin belustigt.

Batic musste kurz nachdenken. »Ja, ja.«

»Ja, isser!«, kam es fröhlich aus südlicher Richtung.

Hauptkommissar Franz Leitmayr stand in voller Größe im Eingang zum Patiententrakt. Frisiert, rasiert, blaues Hemd, Trenchcoat über der rechten Schulter, linker Arm weiß umwickelt in einer schwarzen Schlinge.

»Mensch, Franz!«, rief Batic. »Wie geht's dir?« Er freute sich ehrlich, Leitmayr zu sehen.

»Schön, dass du so früh kommen konntest. Ivo, wirklich«, sagte Leitmayr und meinte es hörbar ironisch. »Mir geht's so weit gut.« Er winkte mit dem Schlingenarm, was etwas ungelenk wirkte.

Dr. Kluny war jung und knackig und sah verdammt gut aus. Aber jetzt hatten sich zwei senkrechte Falten in die sonst makellose Stirn gegraben. »Herr Leitmayr, wer hat Ihnen denn erlaubt, aufzustehen?«

»Das ist doch ein freies Land hier, oder?«, rief Leitmayr herüber und lachte die Ärztin verwegen an.

Batic legte vorsichtig einen Arm um die Schulter seines Kollegen und zog ihn mit.

»Die spinnen doch, die Bullen«, hörten sie – nicht unfreundlich – Dr. Kluny hinter ihnen sagen. Es klang wie ein Selbstgespräch.

Sie verließen den OP-Bereich. Wieder ein kilometerlanger Gang vor ihnen. Leere Betten die Wände entlang, ein paar schleichende Männer, Frauen im Bademantel. Sie ließen eine Schwester vorbei, die eine Patientin im Wagerl schob. Batic fielen die zahlreichen Verbotsschilder auf. Rauchen verboten, Essen verboten, Blumen verboten, Reden verboten. Lautes Singen verboten? Es roch, wie es in einem Krankenhaus wohl riechen musste.

»Franz, das war doch keine Absicht«, versuchte Batic zu erklären, warum ihn die Markovic-Meldung nicht rechtzeitig erreicht hatte. »Mein Handy … der Akku war leer. Wie is'n des eigentlich passiert?«

Leitmayr hielt die Jacke über der Schulter mit der Rechten fest. Er wirkte nachdenklich. Das Sprechen schien ihm nicht leichtzufallen. »Die Kollegen haben in der Galerie nicht alle Löcher dicht gemacht. Plötzlich kommt der Markovic ein paar Meter vor mir aus einer Tür …«

»… und hat gleich geschossen.«

»Ja, ja. Ich hab, glaub ich, noch zurückgeschossen, aber dann war's aus. Wie im Lehrfilm. Wie im Psychovortrag. Schock. Alles plötzlich schwarz.«

Batic nickte heftig. Er kannte das Gefühl. Im Mai vor zwei Jahren hatte er selber ... Ach, er mochte gar nicht daran denken. Er stellte sich vor Leitmayr hin und musterte ihn. Anerkennendes Nicken.

»Siehst aus wie Tom Hanks«, sagte er. Dann wanderte sein Blick nach unten. »Aber der is selbst als Staatenloser am Airport nie mit offene Schuhbändel rumglaufen.«

Hilflos sah Leitmayr an sich herunter. Zog die Jacke enger. Sah Batic an. Sah wieder an sich hinunter. »Der Hanks hat Slippers getragen«, erklärte er leise.

Batic stieß einen tiefen Seufzer aus. »Brauchst gar net erst schauen wie ein Dackel, dem die Frau weggstorben ist«, sagte er und bückte sich.

»Polizeiarbeit ist Teamarbeit«, verkündete Leitmayr mitfühlend.

***

»Ich wollt mich nach dir umsehen«, sagte Carlo Menzinger fröhlich und schloss die Tür zum Büro hinter sich. »Hat a Zeit lang gedauert, bis ich dich gfunden hab.«

»Danke«, sagte Leitmayr nur. Er saß mit übereinandergeschlagenen Beinen, Arm in der Schlinge, an seinem Schreibtisch. Verloren und wie ein Fremder wirkte er. Momentan fühlte er sich auch so. Aber das würde sich ändern.

Carlo ließ den Blick schweifen. Im Raum sah es aus wie eh und je. »Mei, des Büro is ja ein Muster an Sauberkeit und Ordnung.« Er blieb an Batic hängen. »Wo warst'n eigentlich du, als dein Kollege Kugelfang gespielt hat?«

Batic ließ einen Stift zwischen den Fingern kreisen.

»Ich war da, wo *du* hättest sein sollen, Carlo«, sagte er ernst.

»Ach so. Ja, richtig. Bei der … bei der Witwe vom Meindl. Hm.«

Batic sah ihn an. »Und weißt, was die sagt? Ihr Mann und der Brauereidirektor Eisinger waren Feinde. Todfeinde sozusagen. Warst schon beim Eisinger?«

Carlo winkte ab. »Ah, vergiss es. Dass der Meindl net grad die Blume auf dem Eisinger seim Bier war, des weiß i scho lang. Und jetzt entschuldigt mich. Ich hab noch ein paar Hektoliter Stoff vor mir. Ciao.«

Abgang Menzinger. Kein Blick zurück, kein »Pfüat euch«. Er vermied es aber immerhin, die Tür laut ins Schloss fallen zu lassen.

Batic schüttelte den Kopf. »Sprüch«, sagte er. »Nix als Sprüch.«

Leitmayr fummelte einhändig an einer Rolle Drops herum. »Vielleicht redet man so in Biertrinkerfachkreisen. Und der Meindl war an der Brauerei beteiligt, sagst du?«

Batic nickte. »Und strikt gegen angebliche Verkaufspläne. Er hat befürchtet, dass er und andere Teilhaber dabei über den Tisch gezogen werden.«

»Dann sollt sich der Carlo diesen Direktor Eisinger doch noch mal genauer anschauen.« Leitmayr warf einen Blick zur Tür hin. »Hätt er auch selber drauf kommen können, der Carlo.«

Noch immer ließ Batic den Stift durch die Finger wirbeln. Gleichzeitig las er in einem Papier. »Der Carlo sucht nach einer Blutspur und vergisst dabei völlig, nach einem Motiv zu fragen.«

Endlich hatte Leitmayr die Rolle aufgekriegt und warf sich den Drops in den Mund. »Wahrscheinlich traut er sich nicht in die Chefetage.«

»Besser wir machen das«, sagte Batic eindringlich.

Leitmayr zerknüllte das Dropspapier und zielte nach dem Korb, der in der Ecke stand. Getroffen! Anerkennend nickte er.

Dann sah er Batic nachdenklich an. Von einer Sekunde auf die andere änderte sich sein Gesichtsausdruck. Man hätte meinen können, er hätte soeben den Bericht seiner letzten ärztlichen Untersuchung gelesen. »Ich mach heut überhaupt nix mehr, des sag i dir, als mich von dir heimfahren zu lassen.« Den Rest Drops im Mund spülte er mit einem Rest Kaffee hinunter.

Batic stand unbeeindruckt auf und schlüpfte in seine Jacke. »Im Labor könnten wir noch vorbeischauen. Das liegt eh aufm Weg.«

Leitmayr schüttelte den Kopf voller Unverständnis. »Ist dir eigentlich klar, dass ich schwer verletzt bin?«

Theatralisch breitete Batic die Arme aus. »Dafür hältst du dich wirklich hervorragend. Du klagst nie, und deine Einsatzbereitschaft hätte eine offizielle Belobigung verdient. Oh, Kollege Leitmayr, wenn ich dich net hätt ...«

»Findst du das komisch?«

SIEBEN

»Hermann, stell die Brotzeit auf den Ecktisch! Hast auch das Ultimator besorgt?«

Im gerichtsmedizinischen Labor herrschte nicht gerade Hochbetrieb, als Batic und Leitmayr hereinschneiten. Batic, das wusste Leitmayr, freute sich immer, wenn alles picobello aufgeräumt war und jedes kleine Objekt seinen Platz hatte. So wie hier. Jeder Totenkopf war gut aufgestellt. Jeder Schädelquerschnitt hing sauber ausgerichtet an der Wand. Selbst der Schrank mit den Reagenzgläsern war ein Muster an Perfektion.

Leitmayr selbst gefiel eher die hübsche Laborleiterin, etwas jünger als er, in ihrem feschen blauen Labormantel. Und – sie war a Münchnerin. Soweit er wusste, war sie aber fest gebunden. Und sie schien zu seinem Leidwesen mehr Gefallen an Ivo zu finden als an ihm.

»Ah, Bier im Dienst«, witzelte Batic, »ich glaub, wir sollten uns versetzen lassen. Was meinst?«

»Ah, der Herr Batic«, rief ihnen die Laborleiterin fröhlich entgegen. »Und der Herr Leitmayr. Wie geht's Ihnen denn?« Mitfühlend sah sie auf seinen Arm.

Leitmayr strengte sich an, seine Miene dem Leidenszustand anzupassen, den sein verbundener Arm ausstrahlte. Er verdeutlichte sein Befinden mit einem ausdrucksstarken »Mmhm«. Es fiel ihm nicht schwer.

Die Laborleiterin streifte ihre dünnen Gummihandschuhe ab und warf sie auf ein Tischchen in der Ecke. »Übernehmt ihr jetzt doch die Meindl-Geschichte? Hätt mich auch gewundert, wenn euer Kollege Menzinger ganz allein in so einer Mordsache ermittelt.«

Batic und Leitmayr sahen sich vielsagend an.

»Also«, folgerte Batic, »ein Unfall ist definitiv ausgeschlossen?«

»Na ja, ich will euch nicht vorgreifen. Aber der Herr Meindl ist schon unter recht mysteriösen Umständen gestorben.« Die Laborleiterin blätterte in einer Akte.

Leitmayr war auf einmal speiübel. Er wusste nicht, warum, aber er musste sich dringend setzen. »Darf ich?«, fragte er und schnappte sich den einzigen freien Hocker im Raum.

»Bittschön«, sagte die Laborleiterin.

Leitmayr schob den Hocker in die Ecke und ließ sich darauf fallen.

Die Laborleiterin nickte ihm freundlich zu. »Tja, der Herrn Meindl. Da gibt's zum Beispiel diesen Papierfetzen, den er in der verkrampften rechten Faust hielt.«

»Und so ist er Auto gefahren ...?«, fragte Batic mit Zweifel im Blick. Auch Leitmayr nickte unbestimmt.

»Seltsam, was?«, sagte die Laborleiterin. »Aber es kommt noch seltsamer. In seiner Lunge war ein Gasgemisch mit einem extrem hohen Anteil an CO_2, Kohlensäuregas. Ein Gemisch, wie es für einen Gärungsprozess typisch ist.« Sie hustete in die vorgehaltene Hand und las dann weiter aus ihren Aufzeichnungen. »Und dann gab's da noch jede Menge Bier, und zwar überall. Der Schädel, das Haar, Mund, Rachen, Gesicht – alles war voll mit Bier. Sogar die Kleidung – vollgesogen mit Bier.« Sie hob den Zeigefinger und sah zuerst Batic in die Augen, dann Leitmayr. »Nur im Magen, da, wo Bier eigentlich hingehört, wie man meinen sollte – da war nichts. Nicht das geringste Tröpfelchen.«

Leitmayr raffte sich auf. »Was ist mit Blutalkohol?«, fragte er matt.

»Auch negativ.«

»Darf ich?«, fragte Batic und warf einen Blick auf die Notizen. »Das hier heißt doch nichts anderes«, sagte er und schlug erregt mit dem Handrücken auf das Papier, »als dass jemand versucht hat, ihm Bier einzuflößen, damit er nach Alkohol stinkt.«

»Offensichtlich«, sagte die schöne Münchnerin. »Außerdem ...«

Leitmayr gab einen hässlichen Laut von sich und wischte sich über die nasse Stirn.

»... gibt's Kratzspuren an der rechten Hand, Würgemale im Nacken, eine Kopfverletzung und Blutergüsse im Schulterbereich, die auf einen Sturz hindeuten.«

»Typische Verletzungen, wie sie unter Wasser in einem Auto üblich sind«, bemerkte Batic süffisant. »Möchte wissen, wer ihn da gewürgt hat.«

Leitmayr schüttelte sich. »Dieses Gasgemisch«, sagte er, »von dem ... von dem Gärungsprozess. Der Unfall oder was es war, kann also in der Brauerei stattgefunden haben, bevor es zu dem Vorfall in der Isar kam?«

»Schon möglich. Aber die Zusammenhänge müsst natürlich ihr selbst herausfinden.«

Hermann war hereingekommen. Er machte ein wichtiges Gesicht und stellte eine prall gefüllte Tüte und ein Kartontragl mit zwei Flaschen Ultimator auf den Labortisch. »Brotzeit!«, sagte er laut.

»Natürlich«, sagte Leitmayr und erhob sich.

»Ultimator!«, betonte Hermann und deutete auf den Labortisch.

Leitmayr fühlte sich wieder hellwach. »Informierts doch bittschön auch den Kollegen Menzinger, wenn er kommt, ja?«

»Von mir aus gern«, sagte die Laborleiterin charmant.

Batic meldete sich. Klar, er musste immer seinen Senf dazugeben. »Ach ja, und wenn Sie mir auch einen Gefallen tun wollen, sagen Sie dem Herrn Menzinger nicht, dass wir da waren, ja?«

Die hübsche Laborleiterin machte Augen mit großen Fragezeichen darin.

»Na ja«, erklärte Leitmayr. »Der Carlo muss nicht unbedingt immer alles mitkriegen.«

Die Laborleiterin zeigte ihr schönstes Lächeln. »Verstehe. Übrigens, Herr Batic. Des Starkbier, was Sie hier sehen, des brauch ich für eine kleine Gegenprobe.«

»Aha«, sagte Batic und kam Leitmayr vor wie ein Pfau, der gleich sein Rad aufschlagen würde.

»Und wenn Sie mir auch einen Gefallen tun wollen«, die Laborleiterin schenkte Batic einen gekonnten Augenaufschlag, »... a Barolo möglicherweise ... oder a schöner Brunello vielleicht ...?«

Sah Leitmayr da eine gewisse Flirtbereitschaft bei dem ach so unbeugsam pflichtbewussten Ivo Batic? Suchte er etwa den Blick der schönen Frau?

»Jetzt komm halt«, sagte er ungewollt heftig. »Gemma! Mir ham's eilig.«

»Damit ist ja wohl klar wie ... wie ... wie sonst was, dass der Meindl nicht durch ein Autounglück ums Leben gekommen ist«, sagte Batic, als sie die Gerichtsmedizin verlassen hatten. »Der Unfall ist getürkt, genau wie der Sturz mit dem Auto in die Isar. Jetzt hammer's schwarz auf weiß.«

Er überlegte einen Augenblick. Dann packte er Leitmayr am Arm und zog ihn mit. »Komm, lass uns ein paar Schritte zu Fuß gehen. Gehen wirst du ja noch können mit deinem kaputten Arm.«

»Und des Auto?«

»Des holen mir nachher wieder ab.«

Sie durchquerten den romantischen Benedictus-Park mit seinen Bäumen und Bänken und Beeten und dem herrlichen Biergarten. Dann verließen sie den Brauereipark durch ein kleines Tor im hohen Zaun und marschierten zügig bergab, um aus Sichtweite des Brauereikomplexes zu kommen. Sie durchschritten eine Unterführung und querten die Nockherstraße.

Was wär das doch für ein schöner Tag, wenn man nicht einen Mord aufklären müsste.

Noch ein paar Meter, ein weiteres Tor in einer Ringmauer, und es erschien ihnen, als kämen sie in eine andere Welt.

Eine schattige Gasse mit Kopfsteinpflaster, die sich nach dreißig Metern teilte. Haus an Haus, zwei- oder drei-, nur selten vierstöckig, organisch gewachsen wie ein Wald. Kübel mit rotem Oleander oder weißen Margeriten vor der Tür, Rosmarin, Thymian und Geranien auf den Fenstersimsen, Doppelnamen neben den Klingeln. Weydner-Hynkel, Müller-Kopperschmid, Winterl-Bleibtreu, Wechermeyer-Hastemir.

Sie gingen kreuz und quer durch die Gassen, ließen sich von deren Verlauf führen durchs Fuchsloch, durch die Jagd- und die Bremsergasse, vorbei am Wirtshaus zum Alten Marterl.

»Solln mer wieder umkehren? Was meinst?«

Sie stiegen den abfallenden Bergsteig wieder hinauf, Durchfahrt für Autos von siebzehn bis acht Uhr gesperrt, für Radfahrer frei rund um die Uhr. Sie landeten bei einer Fußgängerbrücke über einen kleinen Bach mit einer hohen Buche, die steil am Ufer aufragte. Es war nichts zu sehen von Neubauten, Parkplätzen, Tengelmännern, Klamottenläden. Nur Buchen, Platanen, Linden und Kastanien.

Sie überquerten die Nockherstraße bergauf und waren nach hundert Metern wieder am Auto. Mit erhitzten Gesichtern standen sich die Hauptkommissare Batic und Leitmayr gegenüber und strahlten sich an.

»Mei, war des schee«, schwärmte Leitmayr.

Batic blickte auf die Uhr. »Exakt fünfundzwanzig Minuten Urlaub.«

***

Nicht dass Jiří Hašek Sehnsucht gehabt hätte nach seiner Arbeitsstelle. Im Gegenteil. Er musste seine Marionettenprobe abbrechen, um pünktlich zu sein. Noch nie war er bisher unpünktlich zum Dienst erschienen. Dienst ist Dienst, und Schnaps ist Schnaps, das hatte Braumeister Kiem ihm beigebracht.

Dessen Stimme hörte er deutlich aus dem Sudkeller, schon kurz nachdem er sein Fahrrad untergestellt und den Anorak in den Spind gehängt hatte.

»Da geht's lang. … hier … da … ja. Aufpassen auf die Säure da drin.«

»Jaja.« Eine zweite Stimme. Sie klang seltsam. Wie aus einem hohlen Baumstamm. Wie außerirdisch.

»Innenwand abbürsten, schön gleichmäßig.«

Neugierig hastete Jiří die Eisentreppe hinunter bis zu dem Fenster, von dem aus man in den Gärkeller sehen konnte.

»Nix vergessen«, sagte Kiem. »Keine Stelle. Jeder Zentimeter muss sauber sein.«

Jiří ging vorsichtig weiter. Jetzt konnte er genauer sehen, was im Keller vor sich ging. Ein Tankreiniger in gelbem Schutzanzug mit Atemmaske und Stirnlampe stieg durch die Öffnung in einen der riesigen Tankbehälter ein.

Plötzlich drehte Kiem sich um und entdeckte Jiří. Aber er war sich keiner Schuld bewusst. Er war pünktlich. Mit einem knappen Nicken grüßte er den Braumeister und ging eilig weiter.

» Hašek, wart! Ich muss mit dir reden.« Kiem rief noch

etwas in den Tank hinein, dann kam er auf Jiří zu. Sein Blick war anders als sonst. »Weißt du, dass der Meindl an Unfall ghabt hat?«, fragte er.

Jiří erstarrte. »Der Herr Doktor Meindl? Was für ein Unfall?«

»Mitm Auto. Alkohol, a saudumme Gschicht. Das Blöde ist, dass die Polizei jetzt deswegen überall rumfragt. Auch bei uns. Die kommen bestimmt auch zu dir.«

»Zu mir?«, fragte Jiří erschrocken. »Warum zu mir?«

Kiem sah ihn eindringlich an. »Des is weiter net tragisch«, sagte er. »Mir müssen nur a bisserl aufpassen. Hauptsach is, du erzählst nix von dem Meindl seiner Herumspioniererei. Verstehst mich?«

Jiří nickte. Er glaubte, tatsächlich verstanden zu haben.

Kiem schien allerdings noch nicht ganz davon überzeugt. »Du willst deine Arbeit bei mir doch behalten, oder?«, fragte er. Und dann tat er etwas, was er noch nie getan hatte. Er zog seinen Geldbeutel heraus, nahm ein paar Scheine und steckte sie Jiří lächelnd in die Tasche.

»Und jetzt mach dir einen schönen Abend, Hašek. Ich hab dich ab morgen für den Tagdienst einteilt.«

Jiří hatte Kiem schon einige Male gebeten, ihn für den Tagdienst einzuteilen; dann hätte er keine Probleme mit den Marionettenproben und den Vorführungen mehr. Bisher hatte Kiem ihn immer vertröstet. Warum gab er nun plötzlich nach und teilte ihn dafür ein?

»Danke schön«, sagte Jiří benommen und wandte sich zum Gehen.

»Noch was, Hašek.«

Jiří drehte sich noch einmal um.

»Der Kriminalbeamte, der die Ermittlungen leitet, is a Spezl von mir. Des kriagn mer scho hi. Keine Angst, Hašek!«

ACHT

Der Nockherberg in München, auf dem die Benedictus-Brauerei beheimatet ist, hat eine lange Tradition. Die Bankiersfamilie Nockher ist seit dem frühen 18. Jahrhundert in München ansässig und besitzt zwischen der Au und Giesing ein Sommerhaus, das Nockherschlösschen. Dort, an der Hangkante des östlichen Isarhochufers, im heutigen Stadtteil Haidhausen, findet jedes Jahr, beginnend an Josefi, dem 19. März, der Ultimator-Ausschank statt und dauert genau siebzehn Tage. Die Starkbierzeit, die fünfte Jahreszeit.

In exakt fünfhundertsechsunddreißig Metern über Meereshöhe.

Alles das wusste Direktor Eisinger durchaus zu würdigen, als er die erste Besprechung nach dem »Vorfall Meindl« abhielt. Besprechung, darauf legte Eisinger Wert, nicht Meeting. Eine Altmünchner Brauerei spricht Deutsch. Der Führungskreis saß vor eindrucksvoller Münchner Großstadtkulisse in dunklen Anzügen an langen Tischen, eine edle Konferenz eben.

»Meine Herren, wenn diese Geschichte wochenlang durch die Presse geistert, ist der Imageschaden für uns irreparabel. Und es handelt sich ausgerechnet um den Mann, der für Public Relations zuständig ist. Also …«

Eisinger wanderte hinter den geneigten Rücken seiner Führungskräfte am Panoramafenster entlang. Referierte über den Ernst der Lage. Betonte seine Fassungslosigkeit. Hinter Huber blieb er stehen und legte ihm die Hand auf die Schulter.

Huber zuckte zusammen, als würde eine Geröllawine auf ihn hinunterstürzen.

»Herr Huber, Sie müssen das übernehmen. Sorgen Sie für Schadensbegrenzung. Ohne großes Aufsehen.«

Unter der schweren Faust auf seiner Schulter sank Huber noch mehr in sich zusammen. Dann lockerte Direktor Eisinger seine Krawatte und atmete aus.

Giesek, der Verwaltungschef, stand zögernd auf. Offensichtlich wollte er das Wort ergreifen.

»Herr Giesek«, kam ihm Eisinger zuvor, »Sie bereiten eine vollständige Innenrevision vor. Bestandsaufnahme der gesamten Brauerei. Äh ...« Eisinger fasste sich erneut an die Krawatte.

Giesek – graubrauner Glencheck, Akte unterm Arm – stand ihm gegenüber wie einer, der meinte, dass ein gehorsamer Mitarbeiter so zu stehen habe.

»... das werden wir sehr bald brauchen, schätze ich«, fuhr Eisinger fort.

Damit war die Runde aufgelöst, und beide Herren, Eisinger und Giesek, strebten gemeinsam – Eisinger voraus, Giesek hinterher – dem Ausgang zu. Bevor sie ihn erreicht hatten, platzte die Sekretärin herein. Dunkelblaues Kostüm, Kette mit murmelgroßen falschen Perlen um den Hals.

»Entschuldigung, Herr Generaldirektor, da sind zwei Herren von der Polizei.«

Eisinger wandte sich ab, drückte ein paar Lamellen des Vorhangs zur Seite und sah aus dem Fenster auf den Hof. »Sie wissen doch, dass ich jetzt keine Zeit habe«, sagte er verstimmt. »Warum haben Sie sie denn nicht einfach abgewimmelt?«

»Herr Direktor ...«

Als er ihren Gesichtsausdruck wahrnahm, fragte er: »Was wollen die denn?«

Zu spät.

Batic und Leitmayr drängten bereits durch die Tür.

»Batic.«

»Leitmayr. Dürfen wir kurz stören?«

»Nur kurz«, wiederholte Batic.

Eisinger verzog das Gesicht. »Ungern.«

Giesek duckte sich und hatte vor, sich zu verabschieden. »Ich geh dann jetzt auch.«

»Nein, nein, bitte bleiben S' nur da!« Eisinger hatte sich wieder im Griff und spulte sein Vorstellungszeremoniell ab. »Das ist der Herr Giesek, unser, äh, mein Verwaltungschef.«

Giesek deutete eine Verbeugung an.

»Ich ... Eisinger mein Name, Generaldirektor der Brauerei ... haben Sie schon was herausgefunden?« Höchstens eine halbe Sekunde wartete er auf eine Antwort, dann fuhr er fort: »Dr. Meindl war doch eigentlich ein sicherer Fahrer. Er hat nie etwas getrunken, wenn er im Dienst war. Das ist ... doch ziemlich ... merkwürdig. Oder?«

Giesek wirkte wie sein eigenes Abbild in Madame Tussauds Wachsfigurenkabinett.

Batic entschied sich für die Mit-der-Tür-ins-Haus-Taktik. Die Herumtaktiererei des Generaldirektors ging ihm gegen den Strich. »Wir haben gehört, Sie haben die Absicht, die Brauerei zu verkaufen, Herr Eisinger. Stimmt das?«

»Wo haben S' denn diesen Schmarrn her? Und was hat das mit dem Tod von Dr. Meindl zu tun?« Falls Eisinger betroffen war, verstand er es gut, das zu verbergen. »Weil ... der Herr Dr. Meindl war strikt gegen jede Verkaufsabsicht.«

»Entschuldigung, dürft ich ...« Leitmayr wies auf seinen lädierten Arm und auf den nächsten Stuhl.

Er durfte.

Batic argumentierte weiter. »Dr. Meindl wird halt befürchtet haben, dass er und die anderen Partner schlecht bei dem Geschäft wegkommen. Über den Tisch gezogen werden. Deshalb wird er sich gesträubt haben. Hab ich recht?«

»Mir fehlt die Zeit«, sagte Eisinger scharf, »diese Gerüchte zu kommentieren. Ich weiß auch nicht, woher sie stammen. Ich habe wirklich nicht die leiseste Ahnung, wie Sie in den Besitz dieser Behauptungen kommen.« Er straffte sich. »Sonst noch was?«

»Aber Differenzen in der Geschäftspolitik«, schoss Leitmayr von seinem Hocker her ab, »hat's doch gegeben zwischen Ihnen und dem Herrn Dr. Meindl.«

»Ich denke nicht daran, mich mit derartigen Unterstellungen zu befassen.« Im Zeitlupentempo griff sich Eisinger an die Krawatte. Rückte den Knoten zurecht. Sein Mund verzog sich. »Was sind das denn für Ermittlungen?«, fragte er fast angewidert.

Leitmayr besah sich Giesek, den Verwaltungschef. Souverän wirkte der nicht gerade. Fast ängstlich. Doch noch hatten sie es mit Eisinger zu tun. Mit Giesek, da war er sich sicher, würden sie sich später noch zu beschäftigen haben.

»Wir sind von der Mordkommission, Herr Eisinger«, sagte er beinahe zögernd. Er war es nicht gewohnt, im Sitzen zu sprechen, wenn die anderen standen. »Wir führen Ermittlungen durch ... in einem Mordfall.« Pause. Er ließ seine Worte wirken. »Im Mordfall Meindl.«

Auf einmal war der Generaldirektor wie verwandelt. Gab sich überrascht, betroffen beinahe. »Na, wenn das so ist ... bitte entschuldigen Sie, meine Herren, aber wir haben jetzt wirklich eine sehr angespannte Situation durch den Tod von ... Dr. Meindl. Müssen vieles nachholen, neu ordnen. Deshalb bitte ich Sie, morgen früh noch einmal vorbeizuschauen, wenn ich Ihnen in diesem Fall weiterhelfen soll. Dann hätt ich auch ...«, er fuhr sich in einer elegant schwingenden Bewegung durchs dichte Haar, »ein bisserl mehr Zeit für Sie. Aber jetzt muss ich wirklich los. Sie haben doch nichts dagegen.« Eine Feststellung, keine Frage. Eisinger blickte jedem stramm ins Auge – Batic, Leitmayr – und machte eine knappe Verbeugung. Giesek würdigte er keines Blickes.

»Na, na, bittschön, gehen S' nur«, sagte Leitmayr. Jetzt, da es aufs Gesprächsende zuging, hatte er endlich eine einigermaßen bequeme Sitzposition gefunden. »Wir sind morgen sowieso wieder da bei Ihnen.«

Als Eisinger draußen war, rappelte sich Leitmayr mühsam hoch und machte eine halbe Drehung. »Und Sie, Herr Giesek – was sagen Sie dazu? Sie haben doch sicher Ihre eigene Meinung.«

Wieder diese Madame-Tussaud-Haltung. »Nichts«, erwiderte Giesek. »Ich kann dazu nichts sagen.«

***

Fährt man in München über die Schwanthalerhöhe hinweg die Landsberger Straße hinaus Richtung Westen, liegt kurz nach der Kreuzung Fürstenrieder Straße nördlich der Bahngeleise ein ausgedehntes Gewerbegebiet. Eisenhandel, Fliesenhandel, Baumarkt, Schrottplatz, Supermarkt, Gebrauchtwagenhändler, Auto-Self-Wash, Fitness Forum, Nachtclub 1001 Nacht Exklusiv – keine allzu exklusive Gegend, aber geschäftlich lukrativ. In dieser Nachbarschaft befand sich der Getränkevertrieb Irlbeck.

Irlbeck war nicht etwa ein kleiner Getränketandler, wie er in jeder beliebigen Stadt an jeder Ecke zu finden war. Nein, Irlbeck war ein richtiges Logistikzentrum, bestehend aus einer Lager- und Verkaufshalle, einem Gelände, größer als ein Fußballplatz, einem Dutzend Lkws und einer Handvoll Gabelstaplern. Außerdem war die Firma ein begehrter Arbeitgeber.

Als Giesek anrief, musste sich der Chef, Anton Irlbeck, gerade auf dem Hof mit einem Fahrer rumärgern.

Fetullah, ein sechsundfünfzigjähriger Familienvater aus einem Dorf in der Nähe von Balıkesir in der Zentraltürkei, hatte die oberste Kiste eines Stapels von geschätzten zwölf Adelholzenern vom Gabelstapler fallen lassen. Allerdings nicht von selbst oder wegen einer kleinen Unachtsamkeit, sondern weil der neue Lastzug des Chefs beim Rangieren im Weg stand.

»Kruzifix! So eine Scheiße! Du bist doch wirklich zu deppert zu allem! Ich zahl doch kei halbe Million für den Zug, dass du mir den am ersten Tag z'smmfahrst.«

»Ich ersetze, ich ersetze«, hatte Fetullah beteuert und sich entschuldigt. Es hatte geklungen wie sein tägliches Morgengebet. Sofort hatte er die Scherben zusammengekehrt und die Lachen des Sprudelwassers aufgewischt. Jetzt stand er da, den nassen Lappen in der Hand. »Was soll ich machen?«

Der Chef blieb unerbittlich in seinem Brass. Er fuhr über die Delle im neuen Zug und stöhnte: »No oamoi, dann is Feierabend! Geh, schleich di!«

Sabine Irlbeck, zuständig für Buchhaltung und Bestellannahme, saß fesch wie immer an ihrem Schreibtisch mit Blick auf den Hof, als sie das Gespräch annahm.

»Irlbeck Getränkelogistik, Sabine Irlbeck ... ja grüß Sie, Herr Giesek ... Ja, er ist grad draußen. Ich ruf ihn. Einen Moment, bitte.«

Anton Irlbeck saß nun selbst auf einem Gabelstapler und belud seinen nagelneuen Sattelzug. Ein dunkler Typ, ihr Toni, grad wie sie ihn mochte. Schwarzes Wuschelhaar, schwarzer Schnauzer, schwarze, feurige Augen. Zu gern hätte sie gewusst, was er schon wieder mit dem Giesek zu tuscheln hatte. Ein bisschen was wusste sie ja. Aber sie hätt halt gern noch ein bisserl mehr und alle Details gewusst.

»Toni, Telefon!«, schallte es eine Sekunde später aus dem Lautsprecher über dem Getränkehof. »Dringend. Der Herr Giesek ist am Apparat.«

Irlbeck hatte Mühe, die Durchsage auf seinem Stapler zu verstehen. Doch als er den Namen »Gieseck« hörte, hielt er sofort an, knöpfte sich seinen Arbeiter noch einmal vor – »No oan Kratzer, Fetullah, dann hau i di zum Hof naus!« – und stürmte ins Büro ans Telefon, nicht ohne im Vorüberlaufen zärtlich über seinen Namenszug an der unbeschädigten Seite des neuen Lasters zu streichen.

Immer wenn Giesek anrief, gingen bei Toni Irlbeck die kleinen roten Lämpchen an. Giesek meldete sich nur aus zwei Gründen: wenn er etwas brauchte oder wenn Feuer unterm Dach war. Sabine reichte ihm den Hörer mit Zweifel und vielen Fragen im Blick. Mit zwei Fingern wischte sie ihm einen Dreckspritzer von der schwarzen Lederjacke, die sie ihm zum vorletzten Geburtstag geschenkt hatte. Seinem fünfunddreißigsten.

»Irlbeck?«, meldete er sich, ein dickes Fragezeichen in der Stimme. »Ja?«

»Irlbeck!«, flüsterte Giesek ins Telefon. Leise, aber eindringlich. »Wir beenden die ganze Aktion. Sofort!«

Irlbeck drehte sich mit dem Rücken zu seiner Frau, die sich wieder an ihren Schreibtisch gesetzt hatte. Sie musste nicht alles mitkriegen.

»Herr Giesek, jetzt beruhigen S' Eahna doch, um Gottes willen. Was ist denn los?«, fragte Irlbeck.

»Sie glauben gar nicht, was hier los ist!«

Selbst durchs Telefon konnte Irlbeck die großen Augen sehen, die Giesek vor lauter Aufregung fast aus dem Kopf fielen.

»Herr Giesek, ich mach Ihnen einen Vorschlag: Mir

treffen uns später und besprechen die ganze Gschicht in aller Ruhe.«

»Dann kann es zu spät sein. Die gehen davon aus, dass der Meindl keinen Unfall hatte.«

Hoppla! Das wär tatsächlich etwas Ernstes. Irlbeck machte ein paar Schritte an seiner Frau vorbei Richtung Kühlschrank.

»Die Sache mitm Meindl, die wird sich klären«, sagte er leise.

»Wenn wir nicht aufpassen, stecken wir mitten in einer Mordermittlung!« Giesek ließ nicht locker. Irlbeck nahm einen Schluck aus der Flasche. Es war belgisches Bier. »Irlbeck, ich mach das nicht mehr mit. Die Sache wird mir viel zu heiß. So war das nicht vereinbart.«

Anton Irlbeck lächelte Sabine zu und tat unbefangen.

»Also, bis später«, sagte er betont cool. Bloß nix anmerken lassen. Bevor er auflegte, hörte er noch einen gepressten Aufschrei von der anderen Seite:

»Es ist aus!«

Er atmete tief durch. »Arschloch!«, sagte er halblaut.

Sabine sah zu ihm auf. »Gibt's Ärger?«, fragte sie.

»Giesek kriegt's Fracksausen.«

Sabine schürzte die schönen Lippen. »Ich hab doch gleich gesagt, dass es irgendwann schiefgeht.«

Irlbeck mochte ihre Schnute, er fand sie sexy und hätte Sabine jedes Mal, wenn sie sie zog, am liebsten ins Bett gezerrt und vernascht. Doch nach diesem Telefonat stand ihm der Sinn nicht danach. Irlbeck wanderte, die halb leere Flasche in der Hand, auf und ab. Vor Sabines Schreibtisch machte er halt und sah sie an.

»Ja, des hast gsagt. Aber über die steuerfreien Einnahmen hast dich nie beklagt, oder?«

Drei Sekunden Pause. Dann sagte sie: »Und was ist das mit dem Dr. Meindl?«

»D' Polizei glaubt anscheinend, dass er vielleicht umbracht worden ist.«

»Wieso umbracht? Ich denk, des war a Unfall?«

Irlbeck stützte sich auf die Schreibtischplatte und musterte seine Frau. Jung, schön, Mordsfigur, sexy Rotschopf, aufreizendes Lächeln. Eine Frau, die jedem Mann den Kopf verdrehen konnte. Er räusperte sich und zupfte sich am Schnurrbart.

»Du, Sabine«, nahm er Anlauf. Er konnte sie um den Finger wickeln, wenn er es drauf anlegte. Das wusste er. »Was hältst denn davon, wenn du dich mal mit dem Menzinger Carlo treffen tatst? Und den amal a bisserl aushorchst?« Zeige- und Mittelfinger hoben ihr Kinn. Es fühlte sich weich an.

Sabine sah ihn mit unschuldigem Augenaufschlag an. »Wie meinst'n das?«

»Jetzt tu doch nicht so. Ich hab doch beim Starkbieranstich gsehn, dass er auf dich steht. Und wie der auf dich steht! Und du warst schließlich auch net grad abgneigt, hm?« Er tätschelte ihre Wange.

Zuerst tat sie empört. Dann besann sie sich. »Bist doch nicht etwa eifersüchtig? Da war nix! Mir ham beide bloß zu viel Starkbier trunken. A bisserl rumgeflirtet hab ich halt mit ihm. Mehr war net und mehr wird auch net sein.«

Jetzt fasste er sie zart am Nacken und zog sie zu sich her. Nur eine Handbreit war ihr Gesicht von seinem entfernt.

»Dann flirtest halt jetzt noch a bisserl mehr umanand mit eahm«, sagte er leise. »Findst raus, was die wissen, die Kriminaler. Und wie's weiter vorgehen.«

Sabine deutete mit dem Kinn nach draußen, wo gerade ein Auto vorfuhr. Eines, das sich über sich selbst wunderte, dass es noch mehr als einen Meter fahren konnte.

»Find's doch selber raus«, sagte sie bockig. »Da kommt

er grad.« Mit diesen Worten löste sie sich von Irlbeck, brachte ihre Haare in Ordnung und verließ den Raum.

Irlbeck hörte schwere Schritte die Außentreppe heraufkommen. Wenig später schwang die Glastür auf, und Carlo Menzinger betrat das Büro, eine angebissene Breze in der Hand.

»Servus, Toni«, grüßte Carlo. Ein Seitenblick sagte ihm, dass Sabine gerade den Raum verließ. Etwas zu schnell, wie er fand. Er ließ seinen Blick schweifen; das Büro sah aus wie immer. Er war nicht zum ersten Mal hier. Fußballer kommen immer wieder mal zusammen. Fotos an den Wänden, ein Kalender der Benedictus-Brauerei, Notizen, Zettel, Fußballpokal auf dem Karteischrank, anderes Gerümpel. Er mochte diese Unordnung, sie hatte was mit Freiheit zu tun.

»Grüaß di, Carlo. Tritt ein, bring Glück herein«, sagte Irlbeck betont munter.

»Hast an Moment Zeit?«, fragte Carlo Brezen kauend. »Ich muss mit dir reden.«

Auf die Antwort wartete er nicht lang. Er machte es sich mit einer Hinterbacke auf Sabines Schreibtisch bequem und schob den Hut ins Genick. Toni saß auf Sabines Bürostuhl und hielt eine halb leere Flasche Bier in der Hand.

»Hast meinen neuen Lkw gsehn?«, fragte er und strahlte vor Stolz.

»Jaja. Schönes Teil. Teuer, ha?« Carlo hob die Augenbrauen.

»Ja. Scho. Ich hab a günstige Kreditquelle.«

Klar war der mit Kredit gekauft. Bar bezahlte den niemand. Carlo unterdrückte ein Lachen.

Irlbeck gab sich einen Ruck. Er klatschte in die Hände. »Also, worum geht's, Carlo?«

»Du wickelst doch über deine Filiale in Tschechien Geschäfte für die Benedictus-Brauerei ab. Oder bin ich da schiefgewickelt?«

»Mei, Geschäfte ist übertrieben.« Irlbeck stand auf. »Die ham ja selber ein Spitzenbier, die Tschechen.« Er wies auf ein gerahmtes Foto an der Wand. Es zeigte einen Bauernhof mit Seitengebäuden, Stallungen und viel Land drum herum. Weiß gekalkte Mauern, dunkles Fachwerk. »Schau, mein Altersruhesitz in Marienbad.«

Carlo nickte bewundernd und kaute weiter an seiner Breze. »Schee.«

»Im Einkauf liegt der Gewinn. Billig gekriegt. Unter der Hand.«

»Ist dir da in letzter Zeit etwas aufgfallen?«

»In Marienbad?«

»Na, in der Benedictus-Brauerei. War da irgendwas anders als sonst?«

Irlbeck zog die Stirn in Falten. »Könnt i net sagen. Na, wirklich net.« Er holte eine Flasche aus dem Kühlschrank. »Mogst a Weißbier zu deiner Brezn?«

Carlo stand auf. »Bloß net. I spür den Ultimator heut noch.«

Irlbeck hielt ihm die Flasche vor die Nase. »Belgisch. Superleicht.«

Carlo verzog das Gesicht. »Wirklich net, danke. Du, sag amal, bringst du eigentlich den Abend noch z'samm? Weißt du noch, was da alles abgegangen ist? Es wär wichtig.« Er schob sich das letzte Stück Breze in den Mund. Sein Blick klammerte sich an Irlbecks und hielt ihn fest.

»Inwiefern?« Hinter Irlbeck hing ein zwei Meter breites Farbfoto vom Odeonsplatz an der Wand. Unten war das tiefblaue, verzierte Logo eines Motorradhändlers aus der Wasserburger Landstraße eingedruckt.

»Hm. Ablaufmäßig eben. Ich hab an regelrechten Blackout.«

Irlbeck kniff die Augen zusammen und führte die Flasche zum Mund. »Da bist du net der Einzige«, sagte er und lachte. »Mir geht's genauso.«

So viel Alkohol hatte der Toni doch gar nicht getrunken, dachte Carlo. Vielleicht gibt das Video mit der Aufzeichnung vom Starkbieranstich ja was her. Es sollte in einer Stunde ins Büro geliefert werden.

Sofort nach Eintreffen des Films zog sich Carlo in einen Nebenraum ihres Gemeinschaftsbüros zurück. Gemütlich war es hier nicht gerade: hinter ihm der Kopierer, neben ihm eine Pinnwand, vor ihm der Bildschirm. Aber man hatte seine Ruhe.

Allerdings nicht lange.

Es klopfte, und ohne dass ein »Herein« abgewartet wurde, flog die Tür auf. Carlo brauchte sich nicht umzudrehen, um zu wissen, wer es war.

»Entschuldigung, wo ist Chef Polizei? Menzingmann?« Klar, dem Batic seine Stimme mit dem übertriebenen Kroatenakzent, den er aufsetzte, wenn er jemanden auf den Arm nahm.

»Was ist denn schon wieder?«, fragte Carlo verärgert, ohne den Blick vom Bildschirm zu nehmen.

»Ah, da ist!«, alberte Batic. »Vor Kasten Viereck.« Er deutete auf den Fernseher, über den das Bayern-Eins-Video flimmerte. »Warum neue Büro? Nicht gefällt bei uns mehr?«

Carlo warf einen kurzen Blick hinter sich. Leitmayr im Sakko mit kaputtem Arm, Batic in braunem Leder mit – jetzt riss es ihn aber – einer knallblauen Schlägermütze aus Stoff.

»Das hat nix mit Gefallen zu tun. Ich muss mich konzentrieren.«

»Ah, wegen Baustelle«, sagte Batic, sah Leitmayr vielsagend an und tippte sich gegen die Stirn.

»Und auf was konzentrierst du dich da?«, fragte der.

»Tagesschau erst um acht fängt an«, trug Batic bei.

Carlo hatte allmählich die Nase voll. Genervt deutete er auf den Bildschirm. Das Video zeigte gerade Braumeister Kiem, wie er sein Bier lobte und breit grinste: »... unser prachtvolles Bier.«

»Das seht ihr doch, ihr zwei Klugscheißer. Ein Video vom Starkbieranstich.«

»Modernste Ermittlungsmethoden«, kommentierte Batic.

»Respekt«, pflichtete Leitmayr bei, griff über Carlos Schulter und heftete ihm einen überdimensionalen Sheriffstern aus Papier an die Brust.

»Hm«, brummte Carlo und rutschte ein Stück tiefer in seinem Sessel. »Respekt wär schon was Schönes ...«

Er hörte, wie sich Leitmayr räusperte. Sollte das eine Entschuldigung sein? Bestimmt nicht. Nicht in diesem Laden, nicht bei diesem Haufen.

»Ach Carlo«, kam es wieder von Batic. Er hatte sich neben ihn auf einen Stuhl gesetzt und die saublöde Kappe abgenommen. »Bist sauer, hm?«

»Ich bin nicht sauer, ich muss arbeiten.« Grantig wies Carlo erneut auf den Bildschirm.

»Wir haben halt gedacht, wir könnten dir ein bisserl helfen.« Leitmayr sprach sehr sanft. Wie mit einem Geisteskranken. »Was suchst denn in dem Video?«

»Ich brauch den genauen Zeitpunkt, wo der Meindl den Saal verlassen hat. Nach Aussage vom Nachtwächter ist er von dort aus direkt ins Sudhaus.«

»Chronologische Rekonstruktion«, bemerkte Leitmayr beeindruckt.

Carlo kriegte im Spiegelbild des Fernsehers mit, wie Batic hinter seinem Rücken Leitmayr mit der zerknüllten blauen Mütze gegen die Brust schlug.

»Ganz genau«, sagte er trotzig.

»Vielleicht wär's wichtiger«, wandte Batic ein, »wir täten nach dem Grund fragen. *Warum* er so spät noch rüber ins Sudhaus ist. Was sucht ein Vorstandsmitglied zu dieser Stunde nachts im Sudhaus?«

»Das dürft ihr dann den Täter fragen, wenn ich ihn hab.«

Leitmayr legte ihm eine Hand leicht auf die Schulter. »Du, Carlo. Dürfen mir uns des auch amal anschauen, des Video?«, fragte er, wieder in der Stimmlage, die er sonst für Idioten reserviert hatte.

»Wenn ich fertig bin, könnts es haben.« Carlo tat sein Bestes, den Trotz aus seinem Ton herauszuhalten. Es wollte ihm nicht recht gelingen.

»Bringst es uns halt rüber, Carlo, wennst fertig bist, hm?« Eine weitere Hand legte sich auf seine Schulter.

Mei, wo sammer denn, im Kindergarten, oder was? Die behandelten ihn ja, als stünd er kurz vor der Entmündigung. Höflichkeitshalber wollte er auch etwas Deppertes beitragen.

»Ist bei euch nix mehr los, oder was?«, sagte er, zurückgelehnt in seinem Schreibtischsessel.

»Doch, doch, doch«, entgegnete Leitmayr, und beide Hände zogen sich von Carlos Schultern zurück.

Er hörte noch, wie Leitmayr im Hinausgehen leise zu Batic etwas sagte, was so ähnlich klang wie: »Das hat er jetzt überhaupt net komisch gfunden.«

»Aber probiert hammer's«, flüsterte Batic zurück und schloss geräuschlos die Tür hinter sich.

NEUN

Die Tagschicht war viel angenehmer, dachte Jiří Hašek, er konnte jetzt sogar im Dienst für die »Zauberflöte« üben. Und er brachte den Papageno zum Tanzen und zum Flöten, während es im Sudhaus rings um ihn herum blubberte, qualmte und pfiff. Es lag der typische Frischbiergeruch in der Luft, den Jiří so mochte.

»Grüß dich, Hašek!«

Jiří zuckte zusammen. Faltete rasch den Papageno und packte ihn in seine Kiste. Er zog blitzschnell das Eishockeymagazin hervor, legte die Stirn in Falten und vertiefte sich.

»Was machst denn du da? Spielst mit Puppen? Ist das denn erlaubt im Dienst? Des Heftl da kannst weglegen!«

Der Irlbeck in seiner schwarzen Lederjacke! Einen finsteren Eindruck machte er. Hände in den Taschen. Beine in Grätschstellung. Feste Stiefel.

»Herr Irlbeck. Hab ich jetzt richtig Schreck gekriegt!« Jiří sah ihn aus blauen Augen an.

»Du, äh, Hašek. Was weißt'n du von der Gschicht vom Meindl? Hast du irgendwas mit ihm zu tun ghabt in der Nacht? Hast ihn vielleicht gsehn?«

Jiří faltete die Hände hinter dem Körper. »Nein, weiß ich nix. Ganz bestimmt nix.«

Irlbeck sah sich um. »Die Polizei glaubt nämlich net, dass des a Unfall war. Des mitm Meindl. Und die werden kommen und dir Fragen stellen.« Er drehte sich wieder um, als ob er verfolgt werden würde. »Aber des hat mit unserer Gschicht nix zum tun. Gar nix, verstehst du?« Immer lauter wurde der Irlbeck, immer nervöser.

Jiří nickte und senkte den Blick.

»Deswegen rat ich dir: Halt den Mund! Weil, wannst was Falsches sagst – scho steck ma mitten drin im Schlamassel.« Irlbeck streckte den Zeigefinger vor und richtete ihn auf Jiří. »Und du vor allem!«, sagte er laut und drohend.

Bestimmt hätte Irlbeck noch weitergemacht, wäre er nicht unterbrochen worden. Was ist denn das für ein Ort, ging es Jiří durch den Kopf, wo man kommen und gehen kann, wie man grad lustig ist. Das ganze Haus voller fremder Leute!

»Guten Tag«, sagte einer in braunem Leder. »Batic, Kriminalpolizei.« Na, wenigstens hat er Manieren, dachte Jiří. Aber da war noch einer. Gut, dass der Papageno in der Kiste lag.

»Grüß Gott, Leitmayr.« Der andere Mann zeigte einen Ausweis vor. Mit der rechten Hand, der linke Arm war in einer Schlinge.

»Grüß Gott beinand«, grüßte Irlbeck. Für Jiří sah es aus, als würden sich alle drei gut kennen. Und als ob Irlbeck sich gerade verabschieden wollte.

»Wir suchen den Herrn Hašek«, sagt Batic und schaute Jiří dabei an.

Jiří räusperte sich und machte einen Schritt nach vorne. »Ja, bitte schön, das bin ich.« Er steckte die Hände in die Taschen seiner Arbeitslatzhose.

Irlbeck haute ihm gegen die Schulter. »Ja, also dann, Hašek. Ist ja eh alles klar bei uns, oder?«

Gar nichts war klar. »Ja«, sagte Jiří trotzdem.

»Wiederschaun.« Irlbeck schob sich an den beiden Polizisten vorbei.

»Arbeiten Sie auch hier, Herr …?«, fragte einer der beiden.

»Na, na. Ich bin bloß a Bekannter von dem Hašek. Mir kennen uns vom Eishockey.« Seine Schritte verhallten zwischen den kupfernen Sudkesseln.

»Herr Hašek ...«, richtete Batic das Wort wieder an ihn.

»Ja, ja, ich weiß schon. Sie sind bestimmt hier wegen dem Tod von dem Herrn Dr. Meindl. Schlimme Sache, ja. War er so guter Chef. Aber hab ich kein Bescheid, wie das passiert.« Jiří folgte Leitmayrs Blick. Der sah aus dem Fenster. Im Hof stand ein Lieferwagen von Irlbeck.

»Was verstehst'n du unter ›Getränkelogistik‹, Ivo?«, fragte Leitmayr. »Was da auf dem Auto steht?«

Auch Batic schaute jetzt nach draußen. »Klingt wie die wissenschaftliche Erfassung von Trinkgewohnheiten«, sagte er. »In der Früh Weißbier, mittags vier Helle und abends acht Pils.«

»Und zwischendurch einen Schnaps.«

Jiří musste lachen. Die Herren hatten Humor. Er sah es ihnen an, dass sie es nicht ernst meinten. Aber was wollten sie dann hier und von ihm? So richtig wohl fühlte er sich nicht in seiner Haut.

»Nein, das ist Getränkeverlag«, sagte er.

»Verlag?«, wiederholte Batic. »Ich kenn nur Buchverlag.«

»Vertreibung«, versuchte Jiří zu erklären, merkte aber selbst, dass das falsch war. »No, Vertreib. *Vertrieb!* Heißt Getränke*vertrieb!*«

»Aha, Vertrieb«, sagte Leitmayr. »Sie haben doch vorgestern Abend Dienst gehabt, Herr Hašek? Beim Starkbieranstich.«

»Ja, war ich Spätschicht.« Jiří schaute auf die Uhr, zog die Hände aus den Taschen und griff sich die bereitgelegte silberne Tüte. »Erlauben Sie? Muss ich geben in Sudpfanne.« Er öffnete den Schieber der kupfernen Sudpfanne.

»Was is'n des?«, fragte Leitmayr, schnupperte und verzog angewidert die Nase.

»Hopfenkonzentrat«, erklärte Jiří. »Gibt Aroma für

Bier und Bittere. So, muss ich nur noch schnell notieren ...« Er ging zum Tisch, setzte zuerst sich und dann die Brille auf und schrieb den Zeitpunkt und die Menge in die entsprechenden Spalten des Protokolls.

Leitmayr schaute ihm über die Schulter. »Aha, ein Schichtprotokoll«, sagt er. »Interessant. Da schreiben Sie also alles auf, was Sie so machen. Mit genauer Uhrzeit und so?«

Jiří nickte. »Ist Vorschrift.«

Auch Batic sah ihm jetzt über die Schulter und deutete auf das Blatt. »Da – in der Rubrik ›Besondere Vorkommnisse‹ ... haben Sie da vorgestern was eingetragen?«

»Was meinen Sie?«

»Na, zum Beispiel, dass der Dr. Meindl hier war.«

»Hat der Nachtwächter gesagt«, sagte Leitmayr. »Dass der Dr. Meindl den Festsaal verlassen hat und hierhergegangen ist.«

Jiří schlug sich an die Stirn. »Ja, richtig«, sagte er. »Ist er durchgegangen hier. Ist aber kein ›besondere Vorkommnis‹, was ich hier muss aufschreiben, der Doktor.«

»Wissen Sie, Herr Hašek, wenn einer hier durchgeht, und er wird ein paar Stunden später tot aufgefunden, ist das für uns schon ein ›besonderes Vorkommnis‹! Ich glaub, da müssen wir uns noch mal drüber unterhalten.«

Jiří wollte schon etwas entgegnen, als er Schritte hörte. Er drehte sich um. Ein Mann mit Hut und Pferdeschwanz stand neben dem Sudkessel.

»Kann des sein, dass hier so eine Art Parallelermittlung stattfindet?«, fragte er aufgebracht.

Die zwei Polizisten drehten sich um.

»Carlo«, sagte Leitmayr. Er klang nicht sehr erstaunt.

»Ja, Carlo«, wiederholte der Mann mit dem Pferdeschwanz, der ein Kollege der beiden zu sein schien. »Also, wer macht hier jetzt den Fall? Ihr oder i?«, sagte er.

Leitmayr fing sich als Erster. »Ich glaub, wir gehen mal raus.«

»Meinetwegen«, sagte Carlo.

Batic ging hinter ihm vorbei auf den Ausgang zu. »Sie sind ja noch an Moment hier«, sagte er zu Jiří.

Jiří nickte, aber innerlich schüttelte er den Kopf. Was ging hier vor? Verwirrt war er. Gleichzeitig baute sich eine unschöne Befürchtung in ihm auf.

Carlo war die Verärgerung deutlich anzumerken, als er im Hof vor seinem Auto auf und ab stapfte. Aus einem Fenster zum Sudkeller drang heißer Qualm; es roch nach verschüttetem Bier. Jetzt hatte er sich schon einmal einen Fall geangelt, für den er besonders prädestiniert war, da funkten ihm die zwei Hallodris dazwischen. Sie trauten ihm einfach nicht. Und sie trauten ihm nichts zu. Mussten dauernd hinter ihm her sein und ihm Ratschläge erteilen, um die er nicht gebeten hatte. Verdammter Mist! Carlo riss sich wütend den Hut vom Kopf und schleuderte ihn auf den unschuldigen Asphalt.

»Jetzt schnapp doch nicht gleich ein, Carlo.« Es war Leitmayr, der ihn besänftigen wollte. Er und Batic stiegen die eiserne Außentreppe in den Hof herunter. Beide wirkten versöhnlich.

»Wir wollen dir nicht reinpfuschen«, sagte Batic.

Zögernd hob Menzinger den Hut auf, klopfte den Staub aus dem Filz und setzte ihn wieder auf. »So is des nix«, brummte er laut. »Dünnbier, verreckts.«

Leitmayr und Batic blieben stehen, dicht beieinander wie Fußballspieler bei der Nationalhymne. »Mir schaun uns halt auch a bisserl um«, versuchte Leitmayr zu erklären.

»Genau. Des seh i«, sagte Carlo bitter.

»Informationshalber, brauereimäßig, verstehst?«

»Wir finden allerdings auch, dass man sich etwas mehr um die Motivlage kümmern könnte, Carlo.« Batic hatte offenbar die Rolle des bösen Cops übernommen.

»Aha«, sagte Carlo und tippte sich an die Hutkrempe. Er langte durchs offene Autofenster, klaubte eine gefaltete Zeitung vom Beifahrersitz und klappte sie auseinander. »Findets ihr?«, sagte er. »Da schauts her.« Er schlug mit dem Handrücken gegen das Blatt. »Hier! Lokaler Wirtschaftsteil, Seite neun: Erklärung des Betriebsrats der Benedictus-Brauerei. Wenn des net in eure Theorie passt, dann werd ich in Zukunft nur mehr bleifrei trinken.« Er schnitt eine hässliche Grimasse und schniefte. »Pfui Teifi!« Breitbeinig stellte er sich vor die beiden hin und sah sie an, einen nach dem anderen. »So. Und jetzt möcht i von euch zwei genau wissen, wer da naufgeht in die Brauerei und weitermacht. Ihr oder i.«

Batic hatte ihm die Zeitung aus der Hand genommen. Er und Leitmayr blätterten eifrig darin herum, offensichtlich auf der Suche nach Seite neun.

Batic hielt nach Carlos Frage inne. »Na du, Carlo«, sagte er. »Du gehst da nauf. Völlig klar.«

Leitmayr hob den kaputten Arm. »Ja, freilich. Wer denn sonst?« Er wirkte wie ein flügellahmer Pinguin.

Carlo ließ es sich nicht zweimal sagen. Leichtfüßig eilte er die Eisentreppe hinauf, nahm zwei Stufen auf einmal.

Leitmayr und Batic schlugen den Weg zu ihrem Wagen ein, vorbei an stapelweise Bierfässern. Leitmayr las im Gehen laut vor: »... warnt der Betriebsrat vor einem unmittelbar anstehenden Verkauf, wenn nicht einer unfreundlichen Übernahme. Die Benedictus-Brauerei ist über Jahre hinweg vom Vorstand regelrecht ausgeschlachtet worden. Zuerst hat man den profitablen Immobilienbesitz samt Firmengrundstück verkauft, sodass am Ende die Brauerei über siebenhunderttausend Mark jährlich an Miete zu bezahlen hatte. Hinzu kamen schwerwiegende Fehlentscheidungen des Managements: Kein Light-Bier, kein Weizenbier in Dosen ...«

Batic winkte ab. »Alles Absicht!«, sagte er. »Um den ganzen Laden so herunterzuwirtschaften, dass er nur mehr durch einen Notverkauf zu retten ist.«

»Und bei der Schweinerei muss der Meindl irgendwie im Weg gewesen sein«, sagte Leitmayr in Sichtweite ihres Fahrzeugs.

»Genau. Aber wenn er das schon alles weiß, der Carlo, warum kümmert er sich dann nicht um die Chefetage?«

Leitmayr hatte die Zeitung weggesteckt. Nun hob er beide Arme, bis er merkte, dass der linke das nicht mitmachen wollte. »Au! Sakradi!« Er warf die Zeitung ins Auto. »Schwellenangst hat er, der Carlo. Oder er will den Fall von unten aufrollen.«

Batic öffnete die Fahrertür. »Dann fangen wir halt oben an. Vielleicht treffen wir uns ja in der Mitte.«

Leitmayr schaute an ihm vorbei. Batic folgte seinem Blick.

»Da schau her«, meinte Leitmayr, »da isser ja wieder, unser Bierverleger.«

Heftig gestikulierend standen Irlbeck und Verwaltungschef Giesek vor dem weißen Lieferwagen mit der Aufschrift »Getränkelogistik Irlbeck«.

»Ja, da steht's wieder, sein Vertriebsauto. Franz, wir müssen dringend mit jemandem vom Betriebsrat reden.«

Sie schwangen sich ins Auto. Batic fuhr.

»Am besten gleich mit dem Vorsitzenden«, sagte Leitmayr. »Sag mal, so ein Vorsitzender, ist der jetzt unten oder oben?«

»Der Betriebsratsvorsitzende?« Batic musste lachen. »Der ist von den Unteren eher ein Oberer.«

ZEHN

Batic blätterte in der Zeitung, die sie von Carlo bekommen hatten, während er wartete, dass Leitmayr das Video vom Starkbieranstich brachte. Der Betriebsratsvorsitzende war in einer Sitzung, also wollten sie die Zeit nutzen, um sich mit dem Abend von Meindls Tod auseinanderzusetzen. Aber Leitmayr schien aufgehalten worden zu sein. Batic schlug das Lokale auf.

In Wimperting, las er im Bayernteil, war ein alkoholisierter Autofahrer beim Kreisel zur B 304 von der Straße abgekommen und in einen Graben gefahren. Die Polizei hatte 1,38 Promille fest- und den Führerschein sichergestellt. Verletzt worden war dabei niemand, jedoch war beträchtlicher Sachschaden entstanden, denn es hatte sich um einen weinroten Ferrari Testarossa, Baujahr 1992 gehandelt. Im Münchener Stadtteil Solln hatte in der Früh um fünf Uhr vierzig ein milchweißer Milchsammellaster mit blauer Aufschrift eine braun-weiß gefleckte Katze überrollt. Der Fahrer hatte sich aus dem Staub gemacht, die Katze musste noch in derselben Stunde eingeschläfert werden. Dringend wurden Zeugen gesucht. Die Katzenhalterin hatte eine Belohnung von fünfundzwanzig Euro ausgesetzt.

Batic blätterte weiter auf die letzte Seite, das Leserforum Bayern. Es gab dort nur ein einziges Thema: die Wisente droben auf der südlichen Zwicklingalm nahe dem Schliersee. Ein Tier, angeblich der Bulle, hatte einem achtjährigen Mädchen, das durch den Maschendrahtzaun gegriffen hatte, um die Tiere zu streicheln, zwei Finger abgebissen. Die Tiere sollten deshalb entfernt werden, aber niemand wollte sie haben. Also sollten sie getötet werden.

Lasst um Himmels willen die prachtvollen Tiere leben, schrieb der Gemeindepfarrer von Sankt Egidien. Auch sie sind Gottes schöne und seltene Kinder. Ein Mann, der seinen Beruf als »selbstständiger Sägemühlensanierer« angab, meinte, früher hätten im Zwicklingtal Auerochsen gelebt, und Wisente, genauso wie Bisons, seien die legitimen Nachfolger derselben. Wir wollen unsere Bisons behalten!

Batic lächelte verklärt. Welch wunderbares Land, dieses Bayern. Anderswo wären die Tiere längst erlegt und zu Steaks verarbeitet worden. Und hier wurde öffentlich über elf eingezäunte Wisente gestritten.

Die letzten Worte musste er wohl laut gesprochen haben, denn Leitmayr, der gerade ins Büro kam, fragte erstaunt: »Was erzählst du da?«

»Ach, nichts. War nur ein privater Gedanke.« Batic las noch ein bisschen, dann steckte er das Blatt weg, erhob sich und ging zum Fenster. Er griff hoch und machte die Jalousien dicht.

»So, jetzt kann man den Film besser sehen. Die Details besser erkennen«, sagte er zu Leitmayr.

Doch der hörte ihn nicht. Er telefonierte. Mit der Rechten; der linke, weiß verbundene Arm in der schwarzen Schlinge stand ihm nach wie vor gut.

»Nein, keine Angst«, sagte er ins Telefon. »Ich zitier Sie nicht. Das sind bloß Hintergrundinformationen.« Er zwinkerte Batic zu, offenbar hatte er den Betriebsrat jetzt erreicht. »Ja, vielen Dank. Wiederschaun.«

Batic hatte das Video eingelegt und gestartet, das Bild aber gleich wieder eingefroren. »Und?«, fragte er.

»Der Betriebsrat sagt, der Eisinger ist ein Schwein. Ein professionelles Schwein ...« Leitmayr hätte gern noch mehr aus dem Telefonat zitiert, doch mit einem Schlag flog die Tür auf und knallte gegen die Wand.

Batic schoss herum. »Ja, was ...«

Zwei Kollegen von der Fahndung schoben jemanden ins Büro – »Komm, du Saukerl. Vorwärts, hier geht's rein!« –, die Szene dramatisch beleuchtet vom tief hängendem Kunstlichtstrahler.

Ein alter, gebrochener Mann mit Sechseinhalbtagebart, schütterem Haar, grauem Anzug, offenem Hemd, farblosem Wollschal. Gefesselt an Händen und Füßen. Der Mann ächzte.

Batic sah Leitmayr an. »Ja, das ist er doch. Josef Markovic. Das ist ja eine gelungene Überraschung!«

»Ja, das ist er«, pflichtete Leitmayr bei und schlug die Beine übereinander.

»Batic, mein Name«, stellte sich Ivo dem Gefangenen übertrieben höflich vor. »Mit Hauptkommissar Leitmayr hatten Sie ja schon die Ehre.«

Leitmayr nickte und winkte mit dem kaputten Arm.

»Hinsetzen!«, befahl Batic und wiederholte es auf Kroatisch.

Markovic krümmte sich stöhnend zusammen, als ihn die Fahnder auf einen Stuhl drückten. Er stieß etwas auf Kroatisch aus.

»Was sagt er?«, fragte Leitmayr.

»Bauchweh hat er.«

Langsam rutschte Markovic vom Stuhl. Er hielt sich den Bauch.

»Was kommt jetzt für 'ne Nummer?«, rief Batic zornig aus.

»Warts ihr mit ihm in unserer Kantine?«, witzelte Leitmayr, wurde aber sofort wieder ernst.

Die Fahnder hatten Markovic die Jacke geöffnet. Auf seiner Brust prangte ein riesiger Blutfleck.

»Ahhh«, stöhnte Markovic.

Batic riss ihm das Hemd auf. Eine blutende Wunde auf der linken Brustseite, notdürftig verklebt.

»Scheiße!«, sagte Batic. Es klang herzlich.

Leitmayr war aufgesprungen. »Hab ich ihn doch erwischt?« Sein Tonfall schwankte zwischen Frohlocken und Sorge.

Batic richtete sich wieder auf. »Habts ihr das nicht vorher gesehen?«, fragte er die beiden Fahnder scharf.

»Beim Filzen war er noch trocken.«

Im halbdunklen Hintergrund flimmerte das eingefrorene Gesicht von Dr. Meindl auf dem Bildschirm unter der Zimmerdecke.

»Sofort auf die Krankenstation mit ihm«, befahl Batic. »Und Bewachung rund um die Uhr!«

Die Fahnder schleppten Markovic hinaus. An der Tür maulte einer der beiden etwas von Zuständigkeit und »Gefallen tun, weils ihrs seids«, aber Batic achtete nicht darauf. Er murmelte etwas Unverständliches.

»Was?«, fragte Leitmayr.

Batic wiederholte, diesmal auf Deutsch: »Langsam hab ich sie satt, die Kroaten.«

Sie atmeten ein paarmal tief durch. Schließlich ging Leitmayr zum Videorekorder und nahm die Fernbedienung in die Hand. »Also, mach mer weiter. Ich frag mich die ganze Zeit, warum der Meindl ausgerechnet vorgestern ins Sudhaus ist, wenn er schon die ganze Zeit dem Eisinger auf der Spur war.« Er drückte auf »Play‹.

»Da.« Er deutete auf den Monitor. »Schau, da steht er auf, der Meindl. Verlässt den Festsaal und geht vermutlich auf direktem Weg ins Sudhaus.« Er drehte sich um und sah Batic an. »Warum?«

Batic stellte sich neben ihn. Betrachtete den Bildlauf. Kniff die Augen zusammen. »Fahr noch mal zurück«, sagte er. Sein Zeigefinger wanderte mit dem Bild. »Da, da! Vielleicht war das der Grund. Da sagt der Staatssekretär irgendwas zum Eisinger. Zum Direktor. Und der Meindl wird ganz blass. Schau doch! Er ärgert sich. Mach noch mal.«

Sie sahen sich die Szene noch einmal an. Im Hintergrund die Blasmusik der Festkapelle. Vorn das Schlagzeug, hinten die Tuba. Dann schüttelte Leitmayr den Kopf. »Unmöglich zu erkennen, was der da genau sagt.« Er hielt das Bild an der Stelle an, als sich der Staatssekretär an Eisinger wandte. Das Bild wackelte nervös.

»Pass auf«, sagte Batic. »Wir fahrn jetzt zum Giesek und fragen ihn, ob er's verstanden hat. Der saß ja direkt daneben.«

Leitmayr wiegte bedenklich den Kopf. »Aber vorher geben wir dem Carlo noch Bescheid. Nicht dass ihm wieder das Bier sauer wird.«

Batic hörte ihn nicht mehr. Er war schon gegangen.

Sie mussten Carlo nicht lange suchen. Er lief ihnen draußen auf dem Flur über den Weg, in Hut und Jacke, eine Sporttasche über die Schulter geworfen.

»Carlo!«, rief Leitmayr. »Machst schon Feierabend?«

»Na«, gab Carlo über die Schulter zurück, ohne sich die Mühe zu machen, stehen zu bleiben. Er ließ sich nicht aufhalten. »I geh zum Fußballspielen.«

»Sauber«, sagte Batic. »Und was ist mit deinen Ermittlungen?«

Jetzt hielt Carlo doch kurz inne. »Fußballspielen ist ein wichtiger Bestandteil meiner Ermittlungen«, erklärte er und drehte sich wieder um. »Pfüats euch.«

Batic und Leitmayr schauten sich an.

»Fußball ist ein wichtiger Bestandteil seiner Ermittlungen«, wiederholte Batic leicht genervt.

»Also bei uns hat er solche Methoden net glernt«, sagte Leitmayr.

Beide blickten ihm fassungslos hinterher.

»Jetzt hab ich ihm nicht mal sagen können, wie wir das regeln wollen mit dem Oben und dem Unten«, sagte Batic mit aufrichtigem Bedauern.

Leitmayr hörte kaum hin. »Mit wem der wohl in einer Mannschaft spielt?«, fragte er versonnen und mehr zu sich selbst.

***

»Hopp! Spiel rüber!«, rief Carlo.

»Reißts euch endlich z'samm!«, brüllte Kiem.

»Komm, schlaf nicht ein«, ein anderer.

»Tooor!«, jubelte Irlbeck.

Zweimal die Woche hatten sie Training auf dem kleinen mit Flutlicht beleuchteten Hartplatz, die Ü-Dreißiger vom SC Grün-Weiß im Münchener Osten. Das ließ sich auch Carlo nicht nehmen. Sie spielten und köpften und rannten und schwitzten, bis schließlich eine Frau am Spielfeldrand auftauchte. Eine Frau mit einer Schiedsrichterpfeife, Fußball unterm Arm. Gelbes Stirnband, das die roten Haare bändigen sollte. »Coach«, stand auf dem Stirnband.

»Jetzt ist Schluss mit Bolzen!«, rief Sabine Irlbeck. »Jetzt sind die Profis dran.«

Mordsgemaule unter den Männern. »Jetzt, wo's grad lustig is.« – »Scho wieda.« – »War des jetzt schon a Stund?« Trotzdem gehorchten sie und strebten auf das Vereinsheim zu und die Treppe hinunter. Der Duft von frischem Männerschweiß breitete sich aus.

Sabine Irlbeck nickte ihnen freundlich zu, während die Spieler in die Kabine strömten, und klatschte ihren Mann ab. Carlo mit seinem verwegenen Seeräubertuch über dem Pferdeschwanz nahm sie sich gesondert vor.

»Du, Carlo, du kennst dich doch mit Computern aus«, sagte sie mit süßem Lächeln.

»Scho. Ja«, antwortete Carlo. »Warum?«

»Weißt, meine neue Software macht mir Probleme. Magst vielleicht bei Gelegenheit mal vorbeischauen? Vielleicht kommst ja du damit zurecht.« Sabines Lächeln wurde noch strahlender.

Carlo wischte sich über die nasse Stirn, dann stützte er sich am Türrahmen der Umkleidekabine ab. »Was hast'n du für a Betriebssystem?«

Sabine sah ihn von unten herauf an. »A ziemlich kompliziertes offensichtlich. Und der Toni ist zurzeit recht viel unterwegs. Außerdem … hat der eh nicht das richtige Händchen dafür.«

»I bin grad dermaßen im Stress mit meine Ermittlungen. Des is …« Carlo hob die Schultern und schaute zu Boden. »Mir geht's grad richtig nass nei.«

»A geh, Carlo, für mich und mei Software wirst doch a halbe Stund Zeit haben.« Ihr Blick hätte ein Ei in zwei Sekunden weich gekocht.

Carlo zögerte immer noch. »Ja, i weiß net, ob das dem Toni so recht wär.«

Sabine spielte die Verlegene. »Rufst halt vorher an, ob er weg ist.« Sie spitzte die Lippen und gab ihm einen satten Kuss auf den Mund.

Carlo überlegte. Er zog die Stirn kraus. Dann ging ein breites Grinsen über sein Gesicht. »A so … wenn des so is … na guat.«

Heißes Duschen entspannt. Und eine Dusche erweist sich oft als ein guter Raum für Gespräche, wenn die anderen erst mal weg sind. Diese Erfahrung machten auch Carlo und Kiem nach dem Fußballtraining.

»Du, sag amal«, sagte Carlo, »hast du eine Ahnung, warum der Meindl vorgestern Nacht im Sudhaus war?« Sorgfältig arbeitete er Shampoo in sein nasses langes Haar ein.

»Nicht die geringste«, sagte Kiem, während auch er sich die Haare einseifte. »Ist aber a gute Frage. Der ist bestimmt net nüber, weil er an Durscht ghabt hat.«

Carlo lachte prustend. »Freili net. Ich bin mir aber ziemlich sicher, dass er mit dem Hašek gredt haben muss, deinem Brauburschen. Aber worüber? Was meinst du?«

»Über Pils womöglich … Budweis … was weiß i. Für was anderes interessiert sich der Hašek doch nicht.«

Carlo gurgelte, spuckte Wasser in dickem Strahl gegen die Fliesen, um Kiem Zeit zum Nachdenken zu geben. Dann sagte er: »Könnt des vielleicht sein, dass der Hašek irgendeine krumme Tour am Laufen hat, und der Meindl is eahm draufkimma? Was is'n des überhaupt für einer, der Hašek?«

Kiem drehte seine Dusche ab und griff sich sein Handtuch. »Ach, der Hašek ist in Ordnung. Der is scho lang bei uns. Und er is völlig legal beschäftigt. Da fehlt sich nix.«

»I bin bei der Mordkommission, net beim Schwarzarbeitersuchdienst. Weißt was, fahrn ma doch nachher noch amal ins Sudhaus. Ich hab das Gfühl, dass ich da was übersehn hab.«

Kiem frottierte sich energisch ab. Carlo sah ihm an, das ihm der Vorschlag nicht gerade wie gerufen kam.

»Sonst hast heut nix mehr vor?«, fragte Kiem nach einer Weile.

»Na«, sagte Carlo. »Net dass i wüsst.«

ELF

»Donnerwetter«, sagte Batic. »Der Giesek hat auch so eine schmucke Villa. Grad wie der Meindl. Tät mich interessieren, wovon die Herren das bezahlen.«

»Gehabt«, sagte Leitmayr und sah sich um.

»Wie meinst?«

»Der Herr Dr. Meindl hat so eine Villa *gehabt*. Vergangenheit.«

»Pffff«, machte Batic und drückte den Klingelknopf.

Selbst im Dunkeln und trotz des Regens hatten sie erkennen können, was für ein Prachtbau das hier war. Toskanadach, umlaufender Balkon, edle Haustür aus schwerem Holz. Videoüberwacht. Drum herum ein Rasen, gepflegt wie ein Golfplatz. Den Wagen hatten sie in der Einfahrt geparkt.

Es dauerte eine Zeit, bis sich drin was rührte. Unmittelbar nach dem Klingeln hatten sie ein heftiges Klirren gehört, einen Fluch – dann war alles wieder still.

»Drück du mal«, sagte Batic. »Vielleicht hast du mehr Glück.«

In diesem Augenblick schwang die Haustür auf. Giesek musste wohl gerade aus der Firma gekommen sein, denn er hatte das an, was sie bereits vorher an ihm gesehen hatten: graubrauner Glencheck, blaues Hemd, Krawatte. Akkurat gekämmte Frisur. Der Prototyp eines seriösen Buchhalters, der sie jetzt mit großen Augen ansah.

»Ja, bitte? Ach, Sie sind's.«

»Guten Abend, Herr Giesek.« Leitmayr begrüßte den Hausherrn als Erster.

»Dürfen wir reinkommen?«, fragte Batic und setzte einen Fuß auf die Stufe.

»Ja, bitte.«

Drinnen sahen sie den Grund für das Klirren, das sie draußen gehört hatten. Und sie rochen den Alkohol. Mit spitzen Fingern hob Leitmayr die größte Scherbe einer zerbrochenen Flasche auf. »Malt Whisky«, las er auf dem Etikett.

»Oje, das ist ja ein Jammer.«

»Schneid dich nicht«, warnte Batic.

»Ja, sagte Giesek. »Da ist mir leider ein Malheur passiert.« Stocksteif stand er da. Und doch wirkte er reichlich nervös.

»Ist der gut?«, fragte Leitmayr und legte die Scherbe wieder zu den anderen.

In Sekundenschnelle ließ er den Blick schweifen. Giesek schien ein Liebhaber moderner Kunst zu sein. Die Bilder an den Wänden, das Mobiliar, die Lampen – alles zeitgenössisch. Es gab vorerst keinen Hinweis, ob er allein hier wohnte.

»Exzellent sogar«, sagte Giesek. Seine Arme hingen herunter, als gehörten sie nicht zum Körper.

»Ist das Malz, aus dem der Whisky gemacht wird, eigentlich das gleiche wie im Bier?«

Erstmals bewegte sich Giesek. Er beugte sich zu den Flaschen in seiner Hausbar. »Es gibt unzählige Malzsorten. Jedes Bier hat seine eigene Mischung. Und Whisky sowieso.« Dann stand er wieder da, wie er vorher gestanden hatte, stocksteif, die Arme senkrecht nach unten. »Aber Sie sind wohl kaum hier, um mit mir über Bier und Malz und Whisky zu reden.«

»Über Bier schon. Gewissermaßen«, sagte Batic. »Sie sind doch beim Anstich neben dem Herrn Direktor Eisinger gesessen. Haben Sie da vielleicht gehört, was der Staatssekretär Auringer ihm zugeraunt hat, als er an den Tisch kam?«

Giesek überlegte kurz. »Nein, bedaure, dafür war es zu laut im Saal.«

»Dem Dr. Meindl ist das, was Eisinger gesagt hat, jedenfalls sichtlich auf den Magen geschlagen. Kurz drauf hat er sehr plötzlich den Tisch verlassen.«

»Ich kann mich leider nicht mehr daran erinnern.« Die Antwort kam wie aus der Pistole geschossen. Eine Miene wie beim Pokerspiel.

Batic begann Giesek zu umkreisen. Der aber blieb stehen wie angepflockt. »Was anderes, Herr Giesek. Sie als Chef der Verwaltung müssten doch merken, wenn in Ihrem Unternehmen eine Manipulation im Gange wäre, oder?« Batic war direkt vor ihm stehen geblieben und sah ihm in die Augen.

»Manipulation? Was meinen Sie damit?«

Leitmayr fingerte an seiner Schlinge herum. Sie zog am Nacken. Er musste sich setzen.

»Darf ich?«, bat er und steuerte auf einen cremefarbenen Polstersessel zu.

»Bitte«, sagte Giesek.

»Ah«, seufzte Leitmayr wohlig, als er in den Sessel sank. »Na, Manipulation zum Beispiel im Zusammenhang mit einem Verkauf der Brauerei.«

»Jaja, ich kenne das Gerücht …« Endlich kam etwas Leben in Gieseks Mimik, und er bewegte sogar die Arme. »… alles nur Mutmaßungen.« Er machte sich auf den Weg zur Hausbar. Griff sich eine neue Flasche und einen Whiskytumbler.

Batic hatte sich auf die breite Lehne der weißen Couch gesetzt. »Der Betriebsrat sieht das anders«, sagte er.

»Das ist sein gutes Recht, ja sogar seine Pflicht, sich Gedanken über die Zukunft der Mitarbeiter zu machen. Ob er damit allerdings richtigliegt, das ist eine andere Frage«, entgegnete Giesek diplomatisch.

»Und? Liegt er?«, fragte Leitmayr aus seinem Sessel heraus.

»Ha!«, machte Giesek und goss sich zwei Fingerbreit aus der Flasche ein. Es sollte unverbindlich klingen.

»Also ja?«, fragte Batic. Er stand auf und betrachtete ein achtzig mal achtzig Zentimeter großes abstraktes Ölbild, das schwarze und rote Schlieren auf hellem Grund zeigte.

»Vom Betriebsrat haben wir auch erfahren«, sagte Leitmayr, »dass die Firma, die das Grundstück der Brauerei übernommen hat, eine Tochter des Unternehmens ist, an das jetzt die ganze Brauerei verscherbelt werden soll.«

Giesek nahm einen kräftigen Schluck. »Ich treffe keine Managemententscheidungen«, sagte er. »Der Immobilienverkauf war vermutlich ein Fehler.«

»Nein!«, widersprach Batic. »Kein Fehler. Reine Strategie. Der Herr Direktor Eisinger hat einen sehr lukrativen Beratervertrag mit dieser Tochterfirma.«

Giesek schaute vom einen zum anderen. Seine Miene war nach wie vor unbewegt, aber seine dunklen Augen funkelten.

»Die Zustimmung zum Immobilienverkauf«, griff Leitmayr erneut von der anderen Seite aus an, »wurde den Anteilseignern mit einer Erhöhung ihrer Anteile an der Brauerei schmackhaft gemacht.«

»Nur waren diese Anteile binnen Kurzem nichts mehr wert«, verstärkte Batic. »Dafür hat auch Herr Direktor Eisinger gesorgt.«

»Was bleibt?«, fragte Leitmayr.

Gieseks Kopf schnellte hin und her. Ratlosigkeit sprach aus seinem Gesicht. Oder war es Angst?

»Notverkauf, Konkurs oder eine inszenierte unfreundliche Übernahme.«

»Und diese Manipulation hat der Herr Dr. Meindl aufgedeckt.«

»Äh, wollen Sie damit sagen, dass Eisinger Dr. Meindl umgebracht hat?« Dafür, dass Giesek sie glauben machen wollte, er werde zum ersten Mal mit diesem Gedanken konfrontiert, wirkte er sehr unaufgeregt.

»Alles Mutmaßungen, Herr Giesek. Alles Mutmaßungen.« Das Ölbild gefiel Batic immer besser.

Leitmayr nickte. Verlagerte unwillig den linken Arm. »Unser Ressort ist nicht Wirtschaftsbetrug. Wir ermitteln ausschließlich wegen Mord. Wie lange waren Sie denn beim Anstich noch im Festsaal?«

»Noch bis zum Schluss. So bis gegen ein Uhr.«

»Und anschließend?«

»Anschließend war ich mit Generaldirektor Eisinger und einigen Geschäftsfreunden unterwegs, bis etwa vier Uhr morgens. Dann bin ich mit dem Taxi nach Hause gefahren, und dann …«, Giesek zögerte und lächelte unschuldig, »… tja, ab dann hab ich leider kein Alibi mehr.«

»Mehr wollten wir nicht wissen.« Leitmayr stand auf, wobei er sorgfältig darauf achtete, nicht mit seinem linken Arm in Konflikt zu geraten. »Was wird eigentlich aus Ihnen, wenn die Brauerei verkauft wird?«

Genüsslich verschränkte Giesek die Arme vor der Brust. »Ach wissen Sie, ich habe etwas vorgesorgt.«

Leitmayr sah sich wissend um. Batic zuckte die Schultern. Die Kommissare wandten sich zum Gehen. Leitmayr streckte schon die Hand zur Türklinke aus, da drehte Batic sich noch einmal um.

»Ach, noch etwas. Heut Mittag auf dem Brauereihof, da hatten Sie einen Streit mit dem Herrn Irlbeck. Worum ging's denn da?«

Giesek zögerte kurz. »War eine reine Privatangelegenheit, das mit dem Irlbeck.«

Das Telefon schellte. Das Festnetz. Als hätte er den Anruf erwartet oder befürchtet, reagierte Giesek auf einmal sehr geschäftig. »Giesek«, meldete er sich. »Einen Moment bitte.« Er hielt die Hörermuschel zu. Sein Blick forderte die beiden Besucher unmissverständlich auf, ihn allein zu lassen.

Mühsam hob Leitmayr den kranken Arm. »Wir haben's ja schon.«

***

»Muss das unbedingt jetzt sein?«, zischte Giesek ins Telefon.

»Tut mir leid, ist aber sehr wichtig«, sagte Jiří höflich. Widerwillig hatte sich Herr Giesek am anderen Ende einverstanden erklärt, ihn zu treffen. »Okay, also bis gleich«, beendete Jiří das Telefonat und reckte sich. Er hatte keine Eile, sie würden sich erst in einer halben Stunde treffen.

Er sah sich in seiner kleinen Zweizimmerwohnung um und räumte ein bisschen auf. Es gab keinen großen Luxus hier; auf dem Boden herrschte eine Unordnung, die nicht erst ein paar Tage alt war. Ein Schrank mit ein paar Marionetten darin, ein Bett, ein Kohleofen, ein Leuchtglobus, der Plattenspieler, ein mannshohes CD-Rack. Ein roter Luftballon vom letzten Oktoberfest, festgemacht an demselben Nagel, an dem auch ein Wandkalender hing.

Beim Hinausgehen hielt Jiří kurz vor dem Eishockeyplakat neben der Tür inne. Er müsste mal wieder zu einem Spiel. Schließlich schlüpfte er in seinen Anorak und zog sich das blaue Baseballcap über den Kopf. Schaltete die Musik aus, öffnete die Tür und schloss von außen ab. Dann trabte er gemächlich in den Keller und holte sein Fahrrad. Auf der Schulter schleppte er es hinaus auf die

Hoppingerstraße, ein schwach beleuchtetes Kopfsteingässchen im Gewerbegebiet.

Ein parkendes Auto fiel in dieser Gegend nicht weiter auf. Deshalb achtete Jiří auch nicht auf den dunklen Geländewagen mit Münchener Kennzeichen, der unter der altmodischen Laterne gegenüber seinem Hauseingang wartete. Das Fahrerfenster war offen. Zigarillorauch. Als Jiří zehn Meter gefahren war, leuchteten die Lichter des Wagens auf, der Motor erwachte zum Leben. Im Schritttempo setzte sich das Fahrzeug in Bewegung.

Verschlafen nahm Jiří den blauen 4 WD erst wahr, als er sich schon fast auf seiner Höhe befand. Zusätzlich drückte der Fahrer wie von Sinnen auf die Hupe. Niemand außer Jiří würde ihn hören.

Erschrocken warf sich Jiří herum. Er konnte nur Umrisse sehen, er war geblendet vom Aufblendlicht. Als auch noch der Motor neben ihm laut aufheulte, bekam er es mit der Angst zu tun. Das hier war alles andere als ein Puppenspiel. So fest er konnte, trat er in die Pedale.

Links Schuppen, rechts Gebäude. Wasserdampf aus der Kanalisation. Verzweifelt drehte er sich um. Die Räder unter ihm ratterten übers Pflaster. Mit einer schrecklichen Angst im Nacken fuhr er um sein Leben. Er warf einen schnellen Blick zurück. Meinte die Person zu erkennen, die ihn jagte. Er schaute wieder nach vorn. Zu spät. Dem Berg aufgestapelter Müllsäcke konnte er nicht mehr ausweichen. Sein abruptes Bremsen blockierte das Vorderrad. Hals über Kopf stürzte er über den Lenker, flog durch die Luft, überschlug sich. Im Fliegen ließ er das Fahrrad los, er spürte die Wucht des Aufschlags. Heftiger Schmerz durchzuckte ihn. Sein Gesicht brannte. Dann umfing ihn Dunkelheit.

ZWÖLF

Große Lust, mit Carlo in den Gärkeller zu gehen, verspürte Kiem wahrlich nicht. Fast musste Carlo ihn zwingen. Doch Mordermittlung war Mordermittlung. Also waren sie jetzt hier. Gegen diese Umgebung war Carlos Büro das reinste Paradies. Unterirdische, grün geflieste Gänge, senkrecht und waagerecht verlaufende grüne Rohre. Seltsame Geräusche, ekelhafte Gerüche. So und nicht anders musste sich die Kanalisation unter der Weltstadt München anfühlen. Carlo musste an den Hašek denken, für den diese Umgebung die tägliche Arbeitswelt bedeutete.

Gerade wollte er Kiem noch einmal wegen Hašek befragen, da leuchtete ein Warnschild auf. »ALARM CO_2«. Dicke weiße Schrift auf grellem rotem Grund. Carlo hatte keine Chance, das Schild zu übersehen, denn er stand genau davor und hatte genug Zeit, es anzustarren.

»Aha«, sagte er nur und schaute Kiem bedeutungsvoll an.

»Geh, das hat nix zu bedeuten. Da unten gibt's immer a bisserl Kohlensäuregas, und die modernen Messgeräte sind wahnsinnig empfindlich. Wenn's wirklich einmal kritisch werden sollte, dann geht zusätzlich noch a akustischer Alarm los.« Kiem zupfte an seinem britisch gestylten Jackett herum. »Aber so weit simmer lange nicht.«

»Hoffentlich. Und des is giftig, des Gas?«, fragte Carlo.

»Na. Net giftig.«

»Sondern?«

»Man erstickt halt. Komm jetzt. Da kann nichts passieren. Früher hams immer eine Kerze neigstellt, und wenn die Kerze ausgangen ist, hams gwusst, das man net neidarf. So einfach war das.«

Carlo griff sich demonstrativ in die Jackentasche. Fasste unter den Hut. Nein, keine Kerze. »Eine Kerze hätt er halt gebraucht, der Meindl«, sagte er mehr zu sich selbst.

»Was sagst?«

»Ach nix.«

Über umlaufende Korridore und auf Galerien aus Metallrosten kamen sie ins eigentliche Sudhaus. Senkrecht, waagerecht und kreuz und quer laufende, dicke und weniger dicke Rohre. Brodelnde Becken. Aufragende, spitz zulaufende grüne Kessel. Rote Feuerlöscher überall. Ein keuchendes Geräusch wie von kämpfenden Drachen. Gelbe Schilder: »Vorsicht! Gärungskohlensäure.«

»Also«, sagte Kiem, als er sich nach Carlo umdrehte. »Das sind die Gärtanks von unten. Stinkt zwar a bisserl, aber des is völlig ungefährlich.«

Carlo bemerkte eine abseits gelegene Stahltür, auch sie grün gestrichen. »Was ist denn da drin?«

»Die alten Gärbecken. Aber die werden nimmer braucht. Dafür hammer jetzt die modernen Stahltanks.«

»Darf i trotzdem amal neischauen?« Carlo war schon unterwegs eine Eisentreppe hinunter, das Geheimnis zu lüften.

»Da ist immer zugsperrt. Da müsst ich erst den Schlüssel holen gehen«, rief ihm Kiem hinterher und rührte sich keinen Millimeter.

Carlo drückte den Hebelgriff der Tür. Sie ging anstandslos auf. Triumphierend sah er zu Kiem zurück. Der zuckte mit den Achseln.

Carlo betrat erneut eine riesige grüne Halle mit einem Dutzend parallel angeordneter Gärbecken. Ein Hallenbad für Riesen. Wieder dieser Gestank.

»Kiem, wo bist? Komm her.«

Widerstrebend kam Braumeister Kiem auf ihn zu.

»Erklär mir des a bisserl. Also des san die alten Gärbecken von früher. Die nimmer benutzt werden, stimmt's?« Wieder stieg Carlo eine eiserne Gangway hinauf.

»Scho lang nimmer«, rief Kiem ihm zu. »Komm, gemmer weiter.«

»Ich schau mir das nur schnell von oben an.« Carlos Stimme hallte wie das Echo vom Königssee. »Bah, is des grauslich da. Wie in einer Wurschtfabrik.«

Er hatte den Geruch noch in der Nase. Die Mitarbeiterin einer Wurstfabrikation war vor Jahren im Sudkessel tot aufgefunden worden. Zerfleischt und zerfressen. Sie war Betriebsrätin gewesen, fiel ihm wieder ein. Die Ermittler hatten große Mühe gehabt, die Indizienkette zu schließen. Eifersucht war das Motiv gewesen. Eifersucht zwischen Frauen. Damals hatte es genauso gerochen wie hier.

Carlo ging zwischen den leeren Wannen hin und her. Bis sein Blick an etwas Metallischem hängen blieb. Er ging näher ran. Tatsächlich!

»Komm amal rauf!«, rief er.

Diesmal beeilte sich Kiem, die sechs, sieben Treppenstufen hinaufzusteigen. Carlo sah ihm zu. Kondition wie ein Bundesligaspieler, dachte er.

»Siehst du des?«. fragte er.

Kiem beugte sich vor. Linste hin und her. »Was is da?«, sagte er. »I seh nix.«

»Aber i.« Carlo zog das Handy aus dem Hosenbund. »Jetzt brauchen wir die Spurensicherung.«

Kiem lachte. »Des kannst vergessen mit dem Telefon. Mir san vierzig Meter unter der Erde.«

Carlo rückte seinen Hut nach hinten. »Stimmt. Geh, tu mir'n Gefallen. Geh du nauf und telefonier. Die Nummer is drin. Brauchst bloß da draufdrücken. Da.« Er zeigte ihm, wo.

Kiem verdrehte die Augen zur Decke. »I?«, sagte er.

»I möcht mich gern no a bisserl umschauen.«

Sichtlich genervt zog Kiem ab.

Carlo ging in die Hocke und nahm das Gärbecken in Augenschein. Bis das Licht ausging.

»Hey!«, rief er. »Du hast das Licht ausgmacht!«

Kiem, Carlos Handy in der Hand, winkte bedauernd. »'tschuldige. Des war nur so a Automatismus von mir.«

Carlo sah sich die Stelle näher an, die er für so interessant hielt. »Von mir auch«, sagte er, ohne zu wissen, ob Kiem ihn noch hörte.

***

Auf das Klingeln hatte Giesek gewartet. Er war sich sicher, wer es war. Im eleganten roten Hausmantel ging er nach unten und öffnete ungeprüft die Haustür. »Hašek?«, sagte er.

Es war Anton Irlbeck. Schwarze Lederjacke, weißes Hemd.

»Ach, Sie sind's«, sagte Giesek und versuchte seine Überraschung zu verbergen.

»Ja, i bin's«, sagte Irlbeck. »Wie … wie kommen S' auf den Hašek?«

»Ja, weil … der hat gerade angerufen, dass er vorbeikommen will.«

Irlbeck zog eine Augenbraue in die Höhe und zupfte sich am Schnurrbart. »Also das wird heute nix mehr. Dafür hab ich gsorgt.«

Giesek blieb der Mund offen stehen. »Sie haben was?«

Irlbeck nickte. »Bloß a bisserl erschreckt, damit er's Maul hält.«

»So, und jetzt wollen Sie *mich* erschrecken?«, fragte Giesek.

Irlbeck legte ihm eine Hand an die Schulter. »Herr

Giesek, wo denken S' denn hin? Wir müssen uns bloß a bisserl beraten. Wollen mir net reingehen? Da ist's gemütlicher als hier draußen. Oder?«

»Worüber sollten wir uns denn beraten?« Giesek ging voraus.

»Wie mir mit den Risikofaktoren umgehen.« Irlbeck sah Giesek vielsagend an. »Braumeister Kiem zum Beispiel.«

Giesek wanderte zum wiederholten Mal zur Hausbar und goss sich ein Glas ein. »Ja und? Was soll ich da machen? Vielleicht wär's das Beste für uns alle, wenn's endlich vorbei wär.« Er sprach schnell, als wäre er froh, dass es endlich heraus war, und stürzte hastig das halbe Glas hinunter. Er schwitzte.

Irlbeck begann, um ihn herumzugehen. »Jetzt hören S' doch auf zu jammern«, sagte er leise. »Wollen S' hinter Gitter wandern? Und wenn's blöd kommt, vielleicht noch einen Mord angehängt bekommen? I net.« Irlbeck blieb stehen. Das grelle Licht eines Punktstrahlers spiegelte sich auf Gieseks schweißüberströmter Stirn. »Giesek, *Sie* san der Chef. Bringen S' den Kiem zur Vernunft. Auf Sie hört er. Drohen S' ihm. Bieten S' ihm was an. Wenn keiner von uns redt, kann uns nix passieren.«

Giesek leerte das Glas und goss sich erneut ein. Schweiß lief ihm aus allen Poren. »Aber Sie vergessen die Innenrevision«, sagte er. »Vor dem Verkauf der Brauerei steht die große Bestandsaufnahme. Und spätestes da fliegt alles auf!«

»Jetzt fangen S' doch net schon wieder mit der Innenrevision an.« Irlbeck lächelte jovial. »Die san so geil auf den Verkauf, die schauen sich die Zahlen net amal richtig an. Und wer macht die Zahlen?« Er richtete den Zeigefinger auf Giesek. »*Sie!* Ganz einfach. Völlig gefahrlos.« Irlbeck beendete seine Umrundungen und setzte sich Giesek gegenüber. Sah ihm, keine dreißig Zentimeter von ihm entfernt, kalt in die Augen. »Das Einzige, was uns gefährlich werden kann, san mir selber. Wenn einer von uns die Nerven verliert ... Verstehen S'?«

Giesek sah sein Gegenüber aus angsterfüllten Augen an. Er wischte sich mit dem Handrücken über die Stirn.

»Des müssmer verhindern«, zischte Irlbeck. »Egal ... wie!«

***

Der Ermittlungstrupp war im alten Gärkeller eingetroffen; zwei Männer und eine Frau, die gestartet waren, kaum dass der Alarm sie erreicht hatte. Innerhalb von dreiundzwanzig Minuten waren sie vor Ort. In ihrem Tatortkombi war alles enthalten, was zur Spurensicherung gebraucht wurde. Unter anderem der große Alukoffer mit Fotoapparaten, Instrumenten und Chemikalien. Nummerntäfelchen, Absperr- und Messbänder, Behälter mit chemischen Pulvern, Wattestäbchen und Reagenzgläser zur DNA-Abnahme. Nun machten sie Fotos von den unterschiedlichsten Objekten, nahmen Fingerabdrücke von den Geländern ab, knieten auf den Korridoren und maßen die Länge von Fußabdrücken. Keiner sprach dabei ein Wort. Ab und zu wechselten sie Position und Gerät, bewacht von einem halben Dutzend Uniformierter.

Kiem ging unruhig auf der eisernen Empore hin und her und trank Bier aus der Flasche. Carlo saß oben auf einem der Geländer und sah der Spusi zufrieden zu. Erst als Batic und Leitmayr wenig später eintrafen, wurde er unruhig.

»Männer!«, rief er ihnen zu, und seine Stimme überschlug sich fast. »Habt ihr an meine Pizza gedacht?«

Leitmayr warf einen flüchtigen Blick nach oben. »Gedacht schon. Aber es hat ja so pressiert!«

Batic pflichtete bei. »Außerdem denkt sich's mit leerem Magen besser. Was willst uns denn so Wichtiges zeigen, Carlo?«

Carlo machte ein schlaues Gesicht und winkte sie mit dem Zeigefinger zu sich nach oben.

»Also«, sagte er und deutete auf ein T-Stück im Geländer. »Da haben wir vertrocknete Blutreste ghabt.«

»Mhm«, machte Batic.

»Und da unten auf den Treppen …«, Carlo hielt den Kollegen ein in durchsichtigen Kunststoff gewickeltes Stück Papier vor die Nase, »… haben wir diesen Papierfetzen gefunden. Der passt wahrscheinlich zu dem, den der Meindl in der Faust gehalten hat. Und dann …« Carlo glühte vor Eifer und winkte sie erneut mit sich: »… in dene Becken war bis vor Kurzem noch Bier drin.« Er lehnte sich über den Beckenrand und deutete hinein.

Leitmayr nutzte die Situation und schnappte sich den Fetzen aus Carlos Hand.

Batic machte wieder sein aktuelles Lieblingsgeräusch: »Mhm.«

Kiem hörte ihnen – auf dem Geländer sitzend, mit einem Bein schaukelnd, die Flasche Bier in der Hand – aufmerksam zu. Seiner Miene war nicht zu entnehmen, was er dachte.

»Obwohl die Becken angeblich nimmer benutzt werden. Also ich hoffe, ihr könnt des nachweisen. Wenn des alles z'sammpasst, dann bin ich ziemlich sicher, dass der Meindl hier drin gstorben ist.«

Kiem hielt weiterhin die Lauscher aufgestellt.

Batic nickte kaum merklich. »Möglich«, sagte er. »Wie kommst da drauf?« Er warf Leitmayr einen vielsagenden Blick zu, den Carlo nicht wahrnahm.

»Wie ich drauf komm? Man muss sich halt in so einen Fall reinarbeiten«, erklärte er eifrig. »Man muss die richtigen Fragen stellen. Wie, wo, wann. Und fürs Warum seids ja ihr zuständig.«

Leitmayr strich mit der rechten Hand über die Innenwand eines der Becken. »Sag, Carlo, warum werden denn die Becken nicht mehr benutzt? Die schauen doch noch tadellos aus.«

Braumeister Kiem schaute zu Carlo hin, ohne den Kopf zu wenden.

»Weil man Bier heutzutage normalerweise in geschlossenen Tanks herstellt. Das geht schneller und ist billiger. Außerdem wird's offene Gärbecken sowieso bald nimmer geben. Und solche Keller wahrscheinlich auch nimmer, weil ma mittlerweile Hightech-Kühlanlagen haben, da braucht ma keine Keller mehr.«

Bei den letzten Worten stieg Carlo die Eisentreppe hinunter. Unten blieb er stehen, blickte zurück und breitete die Arme aus, als hätte er begriffsstutzige Pennäler vor sich. »Also. I bin müd, und i hab Hunger. I hau ab. Und ...«, er deutete auf den Braumeister, der sich noch immer an seiner Flasche festhielt, »... wenn ihr noch irgendwelche Fachfragen habt, dann wendets euch vertrauensvoll an den Braumeister Kiem. Der kennt sich da noch besser aus als ich. Aber überforderts ihn nicht. Pfüats euch!« Freundlich nickte er Kiem zu. »Servus, Rudi.«

Leitmayr schaute vom einen zum anderen. An Kiem blieb sein Blick hängen. »Kennen Sie sich? Sie und der Herr Menzinger?«

Kiem stand mit verschränkten Armen da und lächelte schmal. »Ja, wir spielen Fußball miteinander.«

»Ah, Fußball«, sagte Batic. »Dann haben Sie dem Carlo sicher jede Menge Hinweise geben können über die Verhältnisse in der Brauerei.«

Kiem stand wie ein Klotz, die Augen halb geschlossen. Mit dem karierten Sakko und dem offenen blauen Hemd wirkte er beinahe ein wenig zu elegant für die Umgebung. »Er hört ja net auf mi«, sagte er. »Der schnüffelt da herunten im Keller rum, dabei hab ich ihm ganz genau gesagt, wo er suchen soll.«

»Oben vielleicht?«, sagte Leitmayr. »In der Verwaltung?«

Kiem hob bedeutungsvoll eine Augenbraue, sagte jedoch nichts.

»Er meint, die Gärbecken sind vor Kurzem benutzt worden«, ergänzte Batic.

»Des würd i wissen.« Kiem klang empört.

Die Akustik im Sudhaus glich der eines gotischen Doms. Das kleinste Klirren und Scheppern, das Scharren einer Polizistensohle, das Klicken eines Fotoapparats, ja, selbst das sachte Wischen eines Pinsels über Metall war zu vernehmen. Schon gleich der Schritt auf Metall des Uniformierten, der die Treppe heraufstürmte. Das Geräusch war so laut, dass Leitmayr zusammenfuhr. Doch er sammelte sich augenblicklich wieder.

»Freilich würden Sie das wissen«, bemerkte er. »Dann wissen Sie sicher auch noch, was Sie beim Starkbieranstich nach dem Fernsehinterview gemacht haben. Oder?«

Kiem musste nicht lange überlegen. Die Antwort schoss aus ihm heraus. »Ja freili. Ich bin in den Nebensaal gangen. Zu meinen Fußballspezln. Der Carlo kann's bestätigen.« Irgendwie wirkte Kiem erleichtert, als er das sagte. Als ob er die Frage schon erwartet hätte.

Leitmayr sah Batic an, Batic wiederum Leitmayr. Unendliche Überraschung lag in ihren Mienen. Überraschung und Neid? Sie beide hatten zur selben Zeit verfroren und halb verhungert im kalten Auto gesessen und auf Josef Markovic gewartet.

»Ach, der Carlo war beim Anstich?«, sagte Batic.

»Da schau her«, bemerkte Leitmayr.

DREIZEHN

Im diesigen Licht einer noch tief stehenden Sonne schimmerte die Patina der beiden Hauben auf der Münchener Frauenkirche wie flüssiges Gold. Der neugotische Turm des Rathauses, ein paar hundert Meter entfernt, reckte sich empor, als wolle er zeigen, wie wichtig er war. Weitere drei, vier Kilometer südlich, jenseits des Isartals, stand der majestätische Bau der altehrwürdigen Brauerei. »BENEDICTUS BRÄU« verkündeten große goldene Lettern auf rotem Grund an der Südwand des Gebäudes. Flaschenklappern, Transporter, die zum Ausliefern beladen wurden, das leise Surren in den Lüftungsschächten, Biergeruch.

Generaldirektor Eisinger kam in feinem Zwirn aus dem Eingang und warf sich den Mantel über den Arm. Mit kurzen, schnellen Schritten eilte er zum Wagen, in dem mit laufendem Motor der Chauffeur wartete. Zwei Herren im unauffälligen Zivilanzug der Kriminalpolizei schlenderten betont langsam hinter ihm her.

»Herr Generaldirektor!«, rief Leitmayr. »Wir haben einen Termin! Haben Sie das vergessen?«

Augenblicklich fiel Eisinger von geschäftigem Galopp in Trab und hielt schließlich an. Er drehte sich um. Die Beamten hatten sich bis auf zwei Meter genähert. Eisingers Gesicht war anzumerken, dass seine Gedanken meilenweit von einem Termin mit der Polizei entfernt weilten. Doch dann blitzte etwas in seinen Augen auf.

»Mein Gott, ja«, rief er aus und strich sich übers gewellte Haar, das bis an den Kragen reichte. »Es tut mir leid, aber in dem ganzen Stress ist mir das jetzt völlig entfallen.«

Leitmayr und Batic sahen sich an.

»Stress mit dem Brauereiverkauf?«, fragte Batic und bemühte sich, nicht zynisch zu klingen.

Eisingers Schweigen war Kommentar genug. »Entschuldigen Sie«, sagte er. »Mir pressiert's wirklich. In einer guten Stunde geht mein Flieger.« Damit wandte er sich ab.

»Wir können's kurz machen«, sagte Leitmayr. »Wir haben Ihr Alibi überprüft. Es ist in Ordnung.«

Betont langsam drehte sich Eisinger um. »Haben Sie etwas anderes erwartet?« Jetzt erschien tatsächlich so etwas wie ein Lächeln auf seinem Gesicht.

Batic hielt sich zurück.

Leitmayr trat näher. »Nein, Sie hätten bestimmt nicht Hand an Herrn Dr. Meindl gelegt. Ihre Geschäftsmethoden sind subtiler, wie wir vom Betriebsrat erfahren haben.«

Eisingers Lächeln verschwand so schnell, wie es gekommen war, und sein Gesicht nahm das Aussehen eines Karpfens an, der nach Luft schnappt. »Ich verstehe nicht, in welchem Zusammenhang der ... bedauerliche Tod von Herrn Dr. Meindl mit meinen angeblichen Geschäftsmethoden stehen soll.«

Leitmayr trat vier Schritte nach vorn, Batic blieb stehen. Sie nahmen den Direktor in die Zange. Hinter ihnen belud ein Gabelstapler unter grässlichem Getöse einen Lkw.

»Der Zusammenhang ist, dass Sie ein sehr starkes Motiv haben«, sagte Leitmayr.

»Der Herr Dr. Meindl war dabei, Ihre Manipulationen aufzudecken«, fügte Batic hinzu.

Nun lächelte Eisinger wieder fein und sah vom einen zum anderen. »Meine Herren«, sagte er betont langsam und in einem Ton, als hätte er es mit geistigen Zwergen zu tun. »Sie fischen doch im Trüben. Wenn Sie konkrete Beweise haben, dann laden Sie mich vor oder besorgen Sie sich einen Haftbefehl. Sie können übrigens gern mit meiner Rechtsabteilung sprechen.« Er wies nach oben. »Dritter Stock.«

Damit enteilte Generaldirektor Eisinger. Ohne sich umzublicken, winkte er noch einmal zurück, bevor er sich in den schweren Wagen schwang.

Leitmayr wollte hinterherstürzen, aber Batic packte ihn am gesunden Arm und hielt ihn zurück. »Vergiss es! Wir haben nichts gegen ihn in der Hand, und das weiß er auch.«

»Jahrhundertelang«, schimpfte Leitmayr laut, »hat diese Brauerei alles überstanden, verstehst? Kriege, Katastrophen ... und dann kommt so einer daher und spült's ins Klo.« Seine geballte Faust verfolgte den Wagen, der gerade durchs Tor fuhr.

Der Gabelstapler hinter ihnen verrichtete unbeirrt seine Arbeit, laut und beständig.

»Freier Kapitalismus für freie Bürger«, sinnierte Batic laut. »Das ist die neue Weltordnung.«

***

Jiří Hašek lag komplett angezogen auf dem Bett, hatte die Augen geschlossen und befand sich in dem Zustand zwischen Schlafen und Wachen, als es laut an seiner Tür klopfte. Er blinzelte.

Noch einmal dieses Klopfen.

Jiří schlug die Augen auf.

Ein blutgetränktes Handtuch lag auf dem Boden, und er erinnerte sich an alles. Jiří stand auf und schaute in den Spiegel. Lass es klopfen, nahm er sich vor. Doch er sah sich wieder mit dem Fahrrad vor dem Auto flüchten, das ihn verfolgte. Erlebte noch einmal den Sturz. Hatte das Klopfen damit zu tun? Angst beschlich ihn.

»Aufmachen, Polizei!« Das Klopfen wurde eindringlicher.

Polizei! Sollte er sich nun freuen, oder drohte eine andere Gefahr? Gut, dass er eine offizielle Arbeitsgenehmigung besaß.

»Herr Hašek.«

Er warf einen kritischen Blick in den Spiegel an der Wand. Blut und eine verfärbte Riesenbeule an der Schläfe. Das Gleiche an der Hand.

»Soll ma aufbrechen, Carlo?«, hörte er von draußen.

»Geh, sammer in der Steinzeit?«, sagte ein anderer. Die Stimme kam ihm bekannt vor. »Gib mir die Scheckkarte.«

Jiří musste schmunzeln. Den Trick mit der Scheckkarte kannte er auch. Man schob die Karte vorsichtig in den Spalt ... Ja, genau. Jetzt konnte er einen Teil der Karte sehen, mit der sie draußen hantierten. Ohne Hast glitt sie von unten nach oben durch den Türschlitz.

Breit grinsen musste Jiří, als die Karte mit einem leisem Knack auseinanderbrach. Die Hälfte lag bei ihm in der Wohnung auf dem Boden.

»Oh, tut mir leid«, hört er den sagen, der Carlo hieß. Es war ihm wieder eingefallen. Der mit dem Pferdeschwanz bei Benedictus.

»Mir auch. Beim letzten Mal hat's vier Wochen gedauert, bis die neue kam«, sagte die erste Stimme.

Vorsichtig öffnete Jiří die Tür. Gut, dass die Sicherheitskette noch vorlag. Er lugte durch den Dreißig-Zentimeter-Spalt, machte große Augen und setzte eine besorgte Miene auf.

Dann nahm das Leben seinen Lauf.

***

»Warum ham S' denn die Tür net glei aufgmacht, Herr Hašek?«, fragte Carlo. »Haben Sie Angst? Vor wem? Oder vor was?«

Er hatte auf der Tischkante seines Schreibtischs im Büro Platz genommen, während Jiří Hašek in seinem orangefarbenen Pullover wie ein armer Sünder vor ihm auf dem Holzstuhl saß. Das Haar fiel ihm wirr in die Stirn. An der rechten Schläfe prangte eine unschön aussehende Platzwunde. Auch die Nase war lädiert. Carlo reichte Hašek mitfühlend ein Glas Wasser.

»Bin ich mit Fahrrad gefallen. Hab ich schon gesagt.«

Carlo wurde leicht grantig. Das konnte er auf den Tod nicht leiden, wenn einer bei der Befragung nicht mit der Sprache rausrückte. »Sie haben überhaupt noch nichts Vernünftiges gesagt, Herr Hašek.«

Hašek trank das Glas Wasser halb leer. Das fiel ihm wegen der Handschellen sichtlich schwer.

»Sie haben behauptet, der Meindl wär mitten in der Nacht ins Sudhaus gekommen, wär an Ihnen vorbeigerannt ... wortlos, ham S' gsagt, und das wär für Sie ganz normal. Und kurze Zeit später hätten Sie ihn um Hilfe schreien hören.« Carlo hob die Stimme. Sein Ton wurde noch grantiger. »Wie können S' denn den um Hilfe schreien hören bei der Entfernung und dem Lärm im Sudhaus?«

Hašek blickte zu ihm auf. Da war ein besonderer Ausdruck in seinen Augen. Angst. »Hab ich ein Stückerl nachgeschaut«, sagte er leise.

Carlo nickte. »Ah! Sie waren neugierig! Sie haben wissen wollen, was der Meindl sucht da drin im Sudhaus. Tja, vielleicht wollt er ja zu den alten Gärbecken, die angeblich gar nicht mehr in Gebrauch sind. Es hätt ja sein können, dass in den Becken was drin war, was der Herr Dr. Meindl nicht unbedingt sehen sollte, oder? Stimmt das?« Carlo war lauter geworden.

Hašek saß zusammengesunken da und machte keinen Mucks.

»Und Sie waren ganz allein, Herr Hašek? Der Braumeister Kiem war net zufällig auch da? Wie weit sind S' dem Meindl denn nach?«

Hašek sah Carlo in die Augen, bloß für eine Sekunde. »Nur die Treppe runter«, sagte er. Dann drehte er den Kopf und sah zur Tür hin. Er musste etwas gehört haben.

Carlo erkannte den Grund. »Mhm«, murmelte er, dann sah er wieder Hašek an. »Und des Papier, was er in der Hand gehabt hat, des wollt er Ihnen net geben. Da hat er sich gewehrt, oder?«

»Ich hab doch wieder ins Sudhaus müssen, die … die … die Maische abläutern.«

Carlos Kopf schoss nach vorn wie der einer wütenden Schlange. Von dem Besuch, der unter der Tür stand, wollte er sich nicht abbringen lassen.

»Auf dem Papierfetzen, den wir neben dem alten Gärbecken gefunden haben, da war Ihr Fingerabdruck drauf! Und dieser Fetzen passt haargenau zu dem, den der Meindl in der Hand ghabt hat, als er tot im Auto saß. Und das Papier, das stammt exakt vom Steuerstand im Sudhaus.« Er ging noch näher heran. »Herr Hašek!«, rief er aus.

Hašek hatte den Kopf gesenkt und die Stirn gegen die Fäuste gepresst. Die Handschellen bebten leise.

Batic und Leitmayr, die an der Tür zum Besprechungsraum standen, sahen sich an.

Hašek sah auf. »Wird überall in der Brauerei benutzt, so ein Papier. War ich ganze Nacht im Sudhaus, kann man nachprüfen, was ist gebraut worden. Braut sich Bier ja nicht von selber. Wie hätt ich da Dr. Meindl bringen sollen zu seinem Auto und machen einen Unfall?« Mit dem letzten Wort fiel sein Kopf wieder nach unten.

»Carlo!«, rief Batic leise und gab ihm ein Zeichen.

Carlo erhob sich und ging zu den Kollegen. Gemeinsam betraten sie den angrenzenden Besprechungsraum, Batic schloss die Tür zum Büro.

»Wieso mischt ihr euch schon wieder ein?«, platzte Carlo heraus.

Der Besprechungsraum war wie ein Theater mit hellen Polstersitzen bestuhlt, es gab einen Overheadprojektor und eine Flipchart.

Leitmayr setzte sich halb auf eine Stuhllehne. »Wir haben uns nicht eingemischt. Wir haben zugehört. Polizeiarbeit …«

»… ist Teamarbeit. Ja, i weiß schon.« Carlos Pferdeschwanz zitterte. Er hatte das karierte Hemd über dem blauen T-Shirt aufgeknöpft und stand angriffslustig zwischen den beiden Kollegen.

»Was soll denn der Schmarrn mit dem Fingerabdruck?«, fragte Batic.

»Verhörtaktik … Bluff.«

»Aha.«

»Das ghört doch auch zur Polizeiarbeit, oder?«

»Der Hašek war's bestimmt nicht«, sagte Batic. »Mit dem Brauereiverkauf hat er nix am Hut. Und mit dem zeitlichen Ablauf, da hat er recht. Er kann unmöglich so lang aus dem Sudhaus weg gewesen sein.«

»Das behauptet doch keiner, dass er's allein war«, verteidigte sich Carlo. Mit einem Blick aus dem Besprechungsraum aufs Fenster zum Büro, wo Hašek in sich zusammengesunken auf dem Stuhl kauerte, fuhr er fort: »Ich schwör's euch: Der Hašek weiß viel mehr, als er bisher zugibt.«

Leitmayr nickte. »Das glaub ich. Auf jeden Fall hat er Angst. Fragt sich nur, vor wem. Oder vor was.«

Carlo fuchtelte genervt mit den Händen. Er fühlte sich angegriffen. »I frag ihn ja die ganze Zeit. Aber er sagt nix.«

Leitmayr machte ein schlaues Gesicht. »Apropos nix sagen. Wieso sagst *du* uns denn nicht, dass du beim Ultimator-Anstich warst? Wir wissen es aus sicherer Quelle.«

»Ihr habts ja net gfragt.«

Nun rückte Batic ihm auf den Pelz. »Carlo, weißt du, wonach das riecht? Nach Spezlwirtschaft. Nach Amigo-Nummer.«

»Ach, geh weiter. Spinnst du? Meinst vielleicht, ich deck da jemand, oder was?«

»Nein«, übernahm Leitmayr wieder. »Das meint er nicht. Er redet nur vom Hautgout, verstehst?« Er führte die gesunde Hand an die Nase und verzog das Gesicht wie vor einem halben Kilo Limburger auf dem Teller. »Also, ich würd den Hašek laufen lassen. Schauen, was er macht. Wohin er geht, wen er anruft. Aber das ist deine Entscheidung.«

»Ja, und eure Verantwortung. I weiß scho.« Carlo wandte sich ruckartig ab und hastete zur Tür. »Lassts ihr ihn meinetwegen laufen«, rief er im Hinausgehen zurück.

»Carlo«, schnurrte Batic.

»Machts, was ihr wollt«, rief Carlo, hielt kurz inne und warf dann einen Schlüssel in Batics Richtung.

Batic und Leitmayr sahen einander schulterzuckend an und wandten sich wieder dem Büro zu, in dem Hašek nervös mit einem Bleistift spielte und ihn splitternd zerbrach.

»Vorsicht, Herr Hašek«, sagte Leitmayr scherzhaft, »das ist Staatseigentum.«

Hašek zuckte wie unter einem Schlag zusammen. Batic und Leitmayr sahen sich vielsagend an.

»Was wollt er denn wirklich von Ihnen, der Herr Irlbeck?«, fragte Batic ohne weitere Einleitung. »Gestern im Sudhaus.« Er setzte sich neben Hašek und spielte aufreizend mit dem Handschellenschlüssel.

»War einfach so da, Irlbeck. Kennt man sich von früher. Hab ich eine Zeit gearbeitet in seiner Niederlassung in Mariánské Lázně.«

»Wo?«, fragte Leitmayr.

»In Marienbad«, übersetzte Batic.

»Tschechische Republik«, murmelte Hašek.

»Und da hat er eine Niederlassung, der Herr Irlbeck? Eine Filiale?«, fragte Carlo erstaunt.

»Ja«, sagte Hašek.

Als hätte Batic nur auf dieses eine Wort gewartet, schloss er die Handschellen auf und nahm sie ab.

Leitmayr blätterte derweil in Hašeks Pass.

»Gibt's sonst noch irgendwelche Verbindungen zwischen Ihnen und Herrn Irlbeck?«

Hašek rieb sich die Handgelenke. »Er hat mir vermittelt Arbeit bei Benedictus.«

»Aha«, sagte Leitmayr. »Scheint ja ein wahrer Menschenfreund zu sein, der Herr Irlbeck.«

»Sie können dann gehen, Herr Hašek.« Batic stand auf. »Wenn Ihnen noch was Wichtiges einfällt, geben Sie uns Bescheid.«

Hašek sah schweigend von Batic zu Leitmayr, ohne sich zu rühren.

»Ja, was ist, Herr Hašek, gfällts Ihnen so gut hier bei uns?«, fragte Leitmayr.

Hašek erhob sich hastig und ging wortlos zur Tür. Im Rahmen drehte er drehte sich noch einmal unentschlossen um, dann verschwand er wortlos.

»Auf den sollten wir aufpassen, so nervös, wie der is«, sagte Leitmayr.

»Für den ist der Carlo zuständig«, belehrte ihn Batic.

»Aber wir sind verantwortlich.«

Leitmayr stand hinter Carlos Bürostuhl, als das Telefon klingelte. Er nahm ab und meldete sich. Langsam sank er auf den Stuhl nieder. Sein Gesicht wurde immer länger.

»Ja, wir kommen«, sagte er in einem Ton, als ginge es zu einer Beerdigung.

VIERZEHN

Wie jeden Tag herrschte auch an diesem rege Betriebsamkeit beim Getränkevertrieb Irlbeck, als Carlo Menzinger in seinem klapprigen alten VW auf den Hof fuhr. Der unverzichtbare Gabelstapler stapelte, zwei Männer im Blaumann entkamen Carlos Tempo knapp, und als er durch das Hallentor Richtung Büro schritt, eilte ihm Sabine schon entgegen.

»Grüß dich, Carlo.« Sie hielt ein Klemmbrett mit Stift in der einen Hand und fasste Carlos Hand mit der anderen. Überrascht sah er sie an, sträubte sich aber nicht, als sie ihn sanft zu ihrem Büro zog.

»Du hast mich aber net lang warten lassen«, sagte sie.

»Ich wollt eigentlich zu deinem Mann.«

»Is scho recht. Gehma.«

Als sie drinnen das Telefon bedienen musste, ging Carlo ein paar Schritte durch das Büro, sah auch in den angrenzenden Raum, aber Toni Irlbeck war nirgends zu sehen. Sabine beendete ihr Telefonat, schaltete den Anrufbeantworter ein und lächelte ihn strahlend an.

»Wo is er denn, der Toni?«, fragte Carlo. Er fühlte sich wie ein Ministrant vor seinem ersten Kuss.

»Ja, der Toni«, sagte sie mit heiserer Stimme. »Der is grad net da. Der kommt auch so schnell net wieder zurück.« Sie deutete zum Kühlschrank. »Magst was trinken?«

Carlo zog eine Miene wie nach dem Verzehr eines grünen Apfels. »Ach, des is aber jetzt blöd«, sagte er. »Ich hab's eilig. Ich muss auch gleich wieder … ja, weg muss i gleich wieder.«

»Ah geh, Carlo. Bedeut ich dir so wenig?« Sabine sah

ihn bedeutungsvoll an, dann ging sie, ihn ständig im Blick, zur Tür, drehte den Schlüssel um und zog ihn ab.

Carlo rückte verlegen am Hut. Unter seiner Lederjacke begann es zu brodeln. »Ganz im Gegenteil, Sabine. Aber was machst denn da? Du kannst mich doch net einfach einsperren. Das ist Freiheitsberaubung!«

Sabine kam langsam wieder auf ihn zu. Jetzt war sie ganz dicht bei ihm und lächelte wieder ihr umwerfendes Lächeln. Ihr rotes Haar schimmerte verführerisch. Ihre Augen glänzten. Ihr Duft ...

Langsam ließ sie den Schlüssel in ihre Bluse rutschen. Dort verfing er sich und blieb hängen. »Wenn du wieder gehen willst, dann musst du ihn dir schon selber holen, den Schlüssel.« Sie stellte sich auf die Zehenspitzen. Vielversprechend reckte sie Carlo ihren Oberkörper entgegen. Ihr Mund kam näher.

Er konnte nicht anders. Das war zu viel für ihn. »Ja, wenn das so is«, sagte er und zog sie an sich. Sie wischte ihm den Hut vom Kopf, presste sich an ihn, und ihre Lippen trafen sich zu einem leidenschaftlichen Kuss.

***

Leitmayr und Batic waren nach dem Anruf sofort losgefahren, aber die Strecke zog sich, obwohl sie irgendwann das Blaulicht aufs Dach gesetzt hatten. Endlich bogen sie mit quietschenden Reifen in die schmale Straße zu Gieseks Villa ein. Sie wiesen sich aus und betraten das Haus. Seit ihrem ersten Besuch hier schien alles unverändert. Moderne Kunst in elegantem Ambiente, gedämpftes Licht, dezenter Duft. Ganz wie beim letzten Mal.

Nur die vielen Polizisten waren neu.

Und die Tatsache, dass der Hausherr blutüberströmt in der wassergefüllten Marmorwanne im Badezimmer lag.

»Die Zugehfrau hat ihn gefunden«, sagte der Einsatzleiter.

»Ja, servus«, sagte Batic.

Die Putzfrau in adretter Schürze saß mit verheulten Augen im Bügelzimmer und trank einen Schnaps.

»Ein Obstler«, sagte Leitmayr und wedelte die Luft an seine Nase. »Ein guter. Ein Bauernschnaps.«

Sie kamen ins Wohnzimmer. »Mit der Scherbe«, sagte der Einsatzleiter, »hat er sich die Pulsadern aufgeschnitten. So wie die Schnitte angesetzt sind, muss er sie sich selbst beigebracht haben. Auch sonst keine äußeren Verletzungen. Aber ...«, er legte die Stirn in Falten, »... ich hab da meine Zweifel, ob es wirklich Selbstmord war.«

Leitmayr schmunzelte. Aber so, dass es der Einsatzleiter nicht sehen konnte. An der Scherbe, gekennzeichnet und nummeriert, klebte ein Etikett, das ihm sehr bekannt vorkam. »Weil da noch ein zweiter Abdruck drauf ist«, sagte er.

Der Einsatzleiter sah ihn überrascht an. »Ganz genau!«

»Wir waren gestern schon mal hier«, sagte Leitmayr versöhnlich. »Da hab ich die Scherbe in der Hand gehabt.«

Der Einsatzleiter war verblüfft. »Ah so, der ist von dir?«

»Ja. Komm, nehmt zur Sicherheit noch einen Vergleichsabdruck.«

»Okay«, sagte der Einsatzleiter. »Ernst!«

Ernst, der Chef des ED-Trupps, saß mit dem Rücken zu ihnen und war vertieft in seine Analysen.

»Ernst!«, rief auch Leitmayr.

»Gibt's denn ein Motiv für einen Selbstmord?«, fragte der Einsatzleiter.

Batic übernahm. »Der Herr Giesek hat leider nicht genügend Vertrauen zu uns gefasst, um sich mit uns darüber auszusprechen.«

»So, dann geh amal her«, sagte Ernst und griff energisch nach einem von Leitmayrs Daumen. Dummerweise nach dem linken.

»Ahhh! Auuuu!«, brüllte Leitmayr.

»Oh. ‘tschuldigung«, sagte Ernst.

***

Es gab bestimmt romantischere Orte, zur Mittagszeit privat miteinander zu verkehren, als den Abstellraum im Nordteil der Auslieferungshalle des Getränkeverlags Irlbeck. Es war ein uninspirierender Raum hinter Irlbecks Büro, dessen Betonwände mit Regalen zugestellt waren, gefüllt mit alten Aktenordnern. Ein Raum, in dem Sabine immerhin die blauen Kunststoffjalousien heruntergelassen und dämmriges Kunstlicht eingeschaltet hatte. In dem sich für ihre Absichten nichts anderes befand als ein ausrangierter breiter Ledersessel.

Den Schlüssel, mit dem sie abgeschlossen hatte, musste Carlo nicht sicherstellen. Er rutschte von selbst aus Sabines Bluse, als er sie ihr auszog. Den schwarzen Spitzen-BH behielt sie an, genau wie die schwarzen halterlosen Strümpfe, die bis zu den Oberschenkeln reichten. Ihm musste sie lediglich die Jeans über die Hüften ziehen. Nachts und bei besonderen Gelegenheiten wie dieser trug Carlo seinen Pferdeschwanz offen.

»Ich wollt schon immer wissen, wie du mit offenen Haaren aussiehst«, hauchte sie, während sie sich auf ihm bewegte.

Sie keuchten und schwitzten wie Reiter bei einer anstrengenden Fuchsjagd, und es dauerte nicht lange, bis die Strecke abgeritten und das Ziel erreicht war.

Kraftlos ließ sie sich auf ihn fallen.

Carlo hatte die Augen geschlossen und blies Luft durch

die Nüstern. Sein Brustkorb hob und senkte sich. Schließlich legte er den Arm um sie und biss sie sanft ins Ohrläppchen.

»Jetzt weißt es«, keuchte er und versuchte zu lachen. Es misslang. »Lang net so schön wie du.«

Er nahm den Kopf zur Seite und hob Sabine sanft an. »Du, es tut mir leid, i muss …«

Sie verschloss seinen Mund mit einem Kuss, griff unter sein graues T-Shirt und krallte sich an seiner Brust fest. Nach einer Weile richtete sie sich auf und legte den Arm um seinen Hals. Rote Locken umschmeichelten ihr weiches Gesicht. Sie sah ihn zärtlich an.

»Soll ich dem Toni was ausrichten?«, fragte sie.

Carlo schüttelte leicht den Kopf. »Na, da muss i selber mit ihm reden.«

»Wieso? Is es was Intimes?«, fragte Sabine neckisch.

Carlo zögerte. Biss sich auf die Lippen. Überlegte. »Es geht um den Kiem«, gab er schließlich preis. Er übte leichten Druck aus. »Du, i muss jetzt wirkli…«

Sabine rutschte von ihm herunter. Während sie sich bückte und ihren Rock überstreifte, schlüpfte er in seine Jeans.

»Hat der was angstellt, der Kiem?«, fragte sie.

Carlo zog den Reißverschluss hoch. »Des weiß i no net. Ich hab irgendwie des Gfühl, bei dem laufen alle Fäden z'samm.«

»Welche Fäden? Oder darfst mir des net sagen?« Sabine wisperte die Frage fast. Ihr Blick war der einer Konkubine im alten Rom.

Carlo blieb sachlich und praktisch. »Wo is'n mei Haargummi?«, fragte er.

Sabine bückte sich lächelnd, schob ihre Bluse auf dem Hocker zur Seite und brachte ein schwarzes Etwas hervor.

»Danke«, sagte er, warf das Haar zurück und schlang

den Gummiring herum. Seine Frisur war wiederhergestellt. »Ihr seht doch den Kiem öfter, oder?«

»Ja, ab und zu. Beim Fußball vor allem.«

»Hast du dich da eigentlich noch nie gfragt, wie der sein Luxusleben so finanziert? Das Haus? Die Reisen? Sein Boot?« Carlo angelte sich das Schulterholster mit der Dienstwaffe von einem Haken am Regal und brachte es um den Oberkörper in Position.

Sabine ordnete ihren Rock. »Na ja. Ein Braumeister verdient bestimmt net schlecht, und wahrscheinlich macht er noch jede Menge Überstunden.«

»Also, Gehalt und Überstunden, des reicht dafür net aus. Der muss noch a andere Geldquelle haben, und die sprudelt kräftig.« Carlo zog das karierte Flanellhemd über das Holster und kippte ein Fenster. Es roch nach Sex.

Draußen fuhr ein Laster lärmend auf den Hof. Ein Schwall übel riechender Abgase drang ins Zimmer. Sabine schloss das Fenster wieder. Sie war auf dem richtigen Weg. Sie wollte erfahren, was die Polizei noch wusste oder welchen weiteren Verdacht sie hatte.

»Meinst vielleicht Schwarzarbeit?«, fragte sie vorsichtig lauernd. Carlo durfte nicht merken, dass sie ihn ausfragte. Auf ihre Art ausfragte. Doch er war total offen. Als ob er eine gewisse Befreiung beim Reden spürte. Oder war es Angeberei, um ihr zu beweisen, was er, der gefragte Herr Ermittler, alles wusste?

Sie zog ihre Bluse an, er warf sich die Lederjacke über.

»Schwarzarbeit, ha?« Er lachte kurz auf. »Ja, so kann man's auch nennen. Schau her. Der Kiem und der Hašek, die san bei der Nachtschicht allein im Sudhaus. Ob die jetzt pro Nacht zweihundert oder vierhundert Hektoliter Bier brauen …« Carlo schlug den Kragen seiner Jacke hoch, setzte sich und suchte ihren Blick. »Das kann doch kein Schwein nachprüfen. Höchstens der Giesek, weil er den Hopfen und 's Malz einkauft. Aber ich denk, der wird halt auch dazughören.« Er legte die Stirn in Dackelfalten, eine Eigenart, die Sabine so schnuckelig an ihm fand. »Organisierte Bierkriminalität nenn ich so was. Nicht Schwarzarbeit, sondern Schwarzbrauerei.«

Sabine jubelte innerlich. Äußerlich verhielt sie sich ruhig, blieb stehen und wartete ab. Doch ein bisschen was wollte sie schon noch aus ihm rauskitzeln. »Nicht schlecht, Carlo. Aber kannst des auch beweisen?«

Carlo nahm seinen Hut und machte einen Schritt zur Tür hin. »Beweisen?«, wiederholte er verächtlich. »Des is bloß eine Frage der Zeit. Auf jeden Fall ist der Meindl denen auf die Schliche gekommen. Der Kiem, der hat beim Ultimator-Anstich doch einen Anruf kriegt. Kannst du dich erinnern?«

Sabine nickte eifrig. Ihre Finger spielten nervös mit dem Kreuz an ihrer Halskette. »Freili. Wahrscheinlich wird er halt was in der Brauerei zu tun ghabt haben.« Sie merkte, wie ihr plötzlich heiß wurde. Sie spürte ein Jucken am ganzen Körper.

»Vielleicht«, sagte Carlo mit der Hand auf der Klinke. »Ich frag mich bloß …«

»W-was?« Sabine begann zu ahnen, was Carlo sich fragte. Sie hätte sich an seiner Stelle die gleiche Frage gestellt. Ihr war gar nicht wohl in ihrer schönen Haut.

Carlo stand da, legte den Kopf schief und blickte sie bedeutungsvoll an. Er nahm den Hut in die andere Hand und kam einen Schritt auf sie zu. »Ich frag mich, Sabine, was passiert mit dem Bier, was die schwarzbrauen?«

Ja, ging es Sabine durch den Kopf. Was passiert mit dem? Ihr wurde fast schwarz vor Augen. Sie musste sich hinsetzen. Auf einmal wünschte sie sich, sie hätte all diese Fragen nicht gestellt. Aber jetzt war es raus. Nur ein einziges Glied fehlte noch in der Kette.

Carlo hatte einen stechenden Blick, als er ihr die Antwort gab: »Das Bier muss doch irgendeiner unter die Leut bringen.«

Damit öffnete er die Tür, setzte seinen Hut auf, kam noch einmal zurück und gab ihr einen Kuss auf den Mund.

»Ich ruf dich an«, sagte er, bevor sich die Tür endgültig hinter ihm schloss.

Sabine wachte auf wie aus einem Traum. Langsam ging sie hinüber ins Büro und hob den Hörer ab. Sie tippte eine Kurzwahl ein.

»Toni«, sagte sie sehr blass. Vor lauter Aufregung sprach sie hochdeutsch und langsam. »Toni, du musst den Kiem warnen. Der Carlo weiß alles.«

FÜNFZEHN

Während zwei Polizeibeamte Gieseks Leichnam in einem Zinksarg abtransportierten, beschäftigten sich Batic und Leitmayr im Arbeitszimmer des Toten mit dessen Buchführung. Nicht gerade ihre Lieblingsbeschäftigung, mehr eine Zwangsarbeit. Aber Dienst ist Dienst …

»Da, schau dir das an«, rief Batic aus. Er saß am Schreibtisch vor dem PC und hatte eine Excel-Datei mit den ungefähren Maßen einer ägyptischen Wandtafel geöffnet. In endlose Spalten und Zeilen waren mysteriöse Zahlenreihen eingetragen. »Weißt du, was das ist?«

Leitmayr beugte sich über seine Schulter. »Sieht nach doppelter Buchführung aus«, sagte er nach einigem Überlegen.

»Mit der Benedictus-Brauerei kann es nix zu tun haben. Dafür sind die Mengenangaben zu gering«, urteilte Batic, der schon länger darüber saß. Er stand auf und bot dem Kollegen den Platz an.

Leitmayr scrollte vor und zurück. »Außerdem gibt's nur Einnahmen, keine Ausgaben.« Er fuhr den Cursor die Reihen hinauf und herunter. »Alles schön regelmäßig über die ganzen letzten Jahre.«

Batic war an anderer Stelle fündig geworden.

»Hat der Giesek auch eine Filiale in Tschechien?«, fragte er.

»Wieso?«

Batic hielt ein Bündel ausländischer Banknoten hoch, das von einem Gummiband zusammengehalten wurde. »Tschechische Kronen.«

»Viel?«

»Mmm.«

»Wie is'n da der Wechselkurs?«

»Keine Ahnung. Offiziell früher eins zu vier. Schwarz: schätzungsweise um die eins zu zwanzig.«

Leitmayr nickte und wandte sich wieder dem Computer zu. »Das waren noch Zeiten«, murmelte er.

Ein Handy klingelte Sturm. Automatisch griff sich Leitmayr an den Gürtel.

»Meins«, rief ihm Batic zu und meldete sich. Die Gewohnheit, beim Telefonieren auf und ab zu gehen, setzte ein.

»Herr Hašek«, rief er aus und nickte Leitmayr am PC zu. »Können Sie etwas lauter sprechen? Ich hör Sie so schlecht.«

Leitmayr schwang sich herum und sah Batic aufmerksam an.

»Wo sind Sie, Herr Hašek, sind Sie im Sudhaus? ... Herr Hašek ...?« Doch Batic bekam nur noch das Tuten zu hören, das ertönte, wenn der Gesprächsteilnehmer aufgelegt hatte.

Er informierte Leitmayr. »Beeilung bitte, Herr Batic, bitte ...«, er imitierte Hašeks Akzent, »... Sie missen mir helfen.« Ratlos blickte er aus dem Fenster. »Total aufgeregt ist er.«

***

Das vierradgetriebene blaue Fahrzeug, das Jiří so große Angst einjagte, parkte auf einem der Besucherplätze im Hof der Benedictus-Brauerei. Der Fahrer, Anton Irlbeck, eilte quer durch die Empfangshalle, wo er auf Carlo Menzinger stieß. Es schien fast, als ob Carlo ihn erwartet hätte.

»Hallo.« – »Wie geht's?« – »Was macht's Gschäft?« – »Wie geht's deine Ermittlungen?« – »Geht scho.«

Als die Floskeln ausgetauscht waren, fragte Carlo: »Weißt du, wo der Kiem ist?«

Irlbeck stand stocksteif da. Sein schwarzer Schnurrbart zitterte.

»Genau den such i auch grad. Äh, in seinem Büro is er net, da hab i scho gschaut.«

»Komm, dann geh ma z'smm.« Carlo ging voran. »Schaumer mal unten im Keller. Oder?«

Irlbeck pfiff ihn zurück. »Lieber hier rum«, schlug er vor. »Da ist's näher.«

Keine Minute später streiften sie durch die grün gefliesten Gänge des Brauereiuntergrunds. Grelles Licht aus blanken Neonröhren spiegelte sich in allen Wänden. Ab und zu blieben sie stehen und sahen die eine oder andere Abzweigung entlang, immer auf der Suche nach Braumeister Kiem.

Carlo, mit Hut und beide Hände in den Seitentaschen seiner Lederjacke, warf verstohlene Seitenblicke auf seinen Fußballspezl. Lang wird's nimmer dauern, dachte er, da wirst du ganz andere Gänge entlangmarschieren. Auch gefliest, aber ohne Ausgang.

»Wenn du hier unten jemanden suchst, den find'st du nie«, meinte Irlbeck.

Carlo blieb stehen und blickte ihm entschlossen in die Augen. »Des war auch der Fehler von dene, die wo den Meindl umbracht haben. Die hätten den besser glatt hier unten verstecken sollen.« Er hob den Kopf und sah Irlbeck herausfordernd an. »Und net mit dem fingierten Autounfall.«

Sie gingen langsam weiter.

»Ja, meinst vielleicht, dass der Kiem mit der Gschicht was zu tun hat?« Nun blieb Irlbeck stehen. »Willst ihn verhaften? Dein' alten Spezi?«

»Wer spricht denn von Verhaften?«

Sie standen sich in dem schmalen Gang gegenüber wie zwei Duellanten. Nur dass Carlo bewaffnet war und Irlbeck vermutlich nicht. Obwohl man sich nicht sicher sein konnte, dachte Carlo.

»Weißt, Carlo, die Sabine und i … Mir reden offen. Über eigentlich alles. Über alles, was halt so passiert am Tag.« Irlbeck sah Carlo wissend an.

Au weh, dachte Carlo. Hat sie ihm das gebeichtet von uns? Das wär … Ein schrecklicher Gedanke schoss ihm durch den Kopf. Einer, den er gar nicht zu Ende denken wollte.

»Und mir zwei sollten das jetzt auch tun«, sagte Irlbeck. »Reden.«

Er musste raus aus dieser Falle. »Des find i a«, versuchte er sich zu retten. »Du kannst mir doch bestimmt sagen, warum ihr zwei, der Kiem und du, beim Anstich so lang verschwunden wart?« Carlo pflanzte sich vor Irlbeck auf.

»Bier treibt!«, sagte der und lächelte verschmitzt.

Langsam gingen sie weiter. Steif schwenkten sie die Arme, bereit, jeden Augenblick zu ziehen. Grüne Fliesen neben ihnen, grüne Fliesen unter ihnen, grüne Fliesen über ihnen. I tät verrückt werden, dachte Carlo, wenn i hier arbeiten müsst. Er schielte zu Irlbeck hinüber. Er wusste genau, was kommen würde.

Er sollte recht behalten.

»War's schön mit der Sabine?«, fragte Irlbeck. Mit einem Seitenblick auf Carlo beschwichtigte er: »Mach dir nix draus. Ich hab damit kein Problem.«

Carlo schnaufte tief durch. Er sah Sabine vor sich. Den Glanz in ihren Augen, ihren wunderschönen Körper, ihre schimmernde Haut. Sollte sie tatsächlich …?

»Aber ich hab ein Problem!«, rief er so laut, dass seine Stimme von den grünen Gängen widerhallte. »Und zwar damit, dass du schwarzgebrautes Bier vertreibst.«

»Mei oh mei, wem schadet denn des? I könnt dich auch beteiligen.«

»Du meinst, bestechen.«

Sie waren im Gärkeller angekommen. Irlbeck ging voraus die Eisentreppe hoch zur Galerie, wo sich die Becken befanden. Carlo folgte ihm mit wenig Abstand.

»Geh, Carlo, schau dich doch an«, hörte er Irlbeck vor sich sagen. Das Echo ihrer Schritte erfüllte die Halle. »A kleiner Beamter. Was verdienst denn scho beim Freistaat? Da kann mer doch nur drüber lachen.«

Sie waren oben stehen geblieben; Carlo ließ Irlbeck nicht aus den Augen. »Da kann ich überhaupt net lachen, Toni. Ich bin zwar bloß ein kleiner Polizist. Aber ich werd beweisen, dass ihr zwei den Meindl umbracht habt.«

»Aha.« Das Duell. Es würde stattfinden. Hier und jetzt. »Wenn das so is, dann musst mich jetzt verhaften, oder?«

»Genau.« Carlo griff zum Gürtel und machte die Handschellen los.

»Aber des wirst du net schaffen.« Irlbeck hatte sich zwei, drei Schritte zur Seite bewegt. Er griff hinter eine breite Metallstrebe, und wie aus dem Nichts hielt er ein Brecheisen in der Hand. Drohend hielt er es vor sich.

Scheiße, dachte Carlo. Ich bin gezwungen, die Waffe zu ziehen. Gegen meinen bisherigen Spezl. Gegen Sabines Mann.

Er tat es. Er riss die Pistole aus dem Halfter, zielte, entsicherte, alles in einem Zug.

»Carlo.« Irlbeck tat entsetzt.

Aber Carlo war gewarnt. Er streckte den Arm mit der Waffe aus, ohne zu zittern.

Irlbeck, das Eisen drohend erhoben, ging langsam auf ihn zu. »Du wirst doch net auf deinen Spezl schießen?« Schritt für Schritt kam er näher.

»Bleib stehen!«, rief Carlo. Er wollte nicht schießen.

Nicht auf Toni, seinen früheren Spezl. »Bleib stehen!« Er brüllte es hinaus.

Irlbeck sah ihm fest in die Augen. Noch ein kleiner Schritt und noch einer.

»Bitte, Toni!«

»Tja, wennst meinst?«, war das Letzte, was Carlo hörte. Dann sah er nur mehr das Eisen, wie es auf ihn heruntersauste, mit der Spitze zuerst.

***

Jiří war sich sicher, dass beide, weder Anton Irlbeck noch Carlo, bemerkt hatten, dass er ihnen durch das Labyrinth der Gänge hinaus ins Sudhaus gefolgt war. Er hätte ihnen ja helfen können; er wusste genau, wo Kiem sich aufhielt. Aber hätte er sie warnen sollen? Viel zu große Angst hatte er vor Irlbeck, der ihn mit seinem Auto vom Fahrrad gedrängt hatte. Als es ernst wurde, duckte Jiří sich hinter einen Kessel und beobachtete aufgeregt, wie Irlbeck die Hand gegen den Kommissar hob. Bekam mit, wie Irlbeck mit dem spitzen Eisen zuschlug, das aussah wie ein Wagenheber. Nicht einmal schlug er zu, nein, zwei-, gleich dreimal. Dann fiel der Kommissar die Treppe herunter, eine Stufe nach der anderen. Reglos blieb er unten liegen. Wie tot sah er aus. Nichts rührte sich. Kein Hauch. Blut am ganzen Kopf. Viel Blut. Blut überall. Aber es war ja möglich, dass ein Wunder geschah. Wie in Jiřís Marionettengeschichten.

***

Der zivile Dienst-BMW des Gespanns Batic-Leitmayr fuhr Richtung Süden, um über eine der Isarbrücken zum Nockherberg zu kommen. Die Benedictus-Brauerei schien sich langsam zu ihrem Lebensmittelpunkt zu entwickeln. Batic saß am Steuer.

»Eine eigene kleine Brauerei in der Brauerei«, philosophierte Leitmayr neben ihm. Buchhaltung schien sein Lieblingsfach zu werden. Er hatte einen geöffneten Ordner mit Unterlagen vor sich auf den Knien liegen. »Das is ja ein Traum.«

Leichtfüßig schluckte der Wagen die Bodenwellen und das Kopfsteinpflaster, das den Stadtteil Bogenhausen so angenehm nostalgisch erscheinen lässt. Links und rechts huschten Häuser, Bäume, Tante-Emma-Läden, Restaurants, Gärten, kleine Parks vorbei. Die Nachricht vom verkehrsgünstigen Kreisel schien bis hier noch nicht vorgedrungen zu sein. Es galt rechts vor links.

»Brems doch net immer so scharf«, schimpfte Leitmayr deshalb, dem es den Ordner schon zweimal aus der Hand gerissen hatte.

Batic war das wurscht. »Ein Traum, sagst du? Für den Meindl war es kein Traum«, verkündete er. »Und für Hašek wird's jetzt auch langsam ernst.«

»Was er genau wollte, hat er nicht gesagt?«

»Nein. Vielleicht fühlt er sich von jemandem bedroht.«

Leitmayr nickte. »Eine Möglichkeit«, sagte er. »Oder er hat was entdeckt, was uns weiterhilft.«

»Jedenfalls müssen wir ihn so rasch wie möglich finden. Der kam fast um vor Angst. Man konnte sie fast durchs Telefon riechen.«

Für eine Minute herrschte Schweigen. Sie fuhren gerade an einem wunderschönen Wirtshaus kurz vorm Max-Weber-Platz vorbei, da meldete sich das Telefon.

Leitmayr nahm an und schaltete auf »Mithören«.

»Zentrale«, tönte es blechern. »Wir können den Kollegen Menzinger nirgends auftreiben.«

»Habt ihr's auf Handy versucht?«, bellte Leitmayr.

»Na klar, logo«, kam es grantig zurück. »Mehrfach scho. Was soll die Frage.«

Batic schaltete sich vom Fahrersitz her ein. »Der Carlo hat das geniale Talent, sich immer in irgendeinem Funkloch aufzuhalten.«

***

Ein Lagertank, rechnete sich Irlbeck aus, ist der ideale Aufbewahrungsort für einen bewusstlosen Polizisten. Jedenfalls so lange, bis die Säure-Waschanlage in Betrieb ist. Zuerst hatte er gedacht, er sei tot, der Menzinger Carlo, so blutüberströmt, wie er war. Er rührte sich nicht und machte keinen Mucks. Doch Irlbeck hatte den Finger an die Halsschlagader gelegt und den Puls gefühlt. Schwach nur war das Lebenszeichen. Ihm hätte es auch nichts ausgemacht, hätte es keines mehr gegeben. Menzinger war zu einer existenzbedrohlichen Gefahr geworden. Und außerdem … ein angeblicher Spezl, der seine Abwesenheit ausnutzte und mir nichts, dir nichts seine Frau vögelte …

Irlbeck ächzte. Er hatte Mühe, den leblosen Körper ins Sudhaus zu bekommen. Zwei lange Treppen waren zu überwinden.

Mit einem nassen Lappen wischte er notdürftig das viele Blut von Carlos Gesicht und Kopf, um möglichst wenige Spuren zu hinterlassen. Er hatte ihm voll ein paar über den Schädel gezogen, ihn perfekt erwischt.

Er packte Carlo unter den Achseln und zog ihn mühsam hoch. Carlos braune Cowboystiefel klackten an jeder Stufe. Ein blödes Geräusch, weil es durch die ganze Halle tönte.

Immer wieder sicherte Irlbeck nach allen Seiten. Aber was hieß schon sichern. Wenn jetzt einer von den Arbeitern käme und ihn mit dem Körper im Schlepptau sähe …

nicht auszudenken. Schweiß rann ihm von der Stirn, nicht nur von der Anstrengung. Glück brauchte er, Glück, um seinen Plan ungesehen ausführen zu können.

***

»Hašek! Herr Hašek?«, rief Batic laut und sah sich, ebenso wie Leitmayr, suchend zwischen den Kupferkesseln im Sudhaus nach Hašek um.

Über ihnen eilte ein Mann mit einem klappernden Eimer in der Hand eine offene stählerne Galerie entlang.

»Hallo?«, rief ihm Leitmayr erfolglos hinterher. »Hallo, Sie! He, Sie! Hallo!«

Der Mann konnte sie nicht hören. Er trug einen Gehörschutz überm Ohr, wie Leitmayr jetzt feststellte. Es war auch nicht Hašek.

Batic zuckte ratlos die Schultern. »Wo kann er denn stecken?«

»Keine Ahnung«, antwortete Leitmayr und warf noch einmal einen Blick ins Rund, obwohl er wusste, dass er kein Ergebnis bringen würde. »Und wenn er gar nicht von hier angerufen hat?«

Aber davon wollte Batic nichts wissen. »Womöglich ist er unten im Keller.«

***

Irlbeck hatte Glück. Er und der noch immer leblose Carlo gelangten unbemerkt in die riesige Halle mit den Lagertanks, die mannshoch und bauchig einer neben dem anderen standen. Wie von einem anderen Stern. Oder abgeschlagene Köpfe von Riesen. Aber Irlbeck hatte keine Zeit, sich um solche Nuancen zu kümmern. Er stand vor einem der Riesengefäße; Carlo hing ihm schlaff wie ein Sack in den Armen und konnte jede Minute zu sich kommen. Vorsichtig ließ Irlbeck ihn zu Boden sinken.

Gerade rechtzeitig. Zwei Brauereiarbeiter gingen gemächlich nebeneinanderher durch die nächste Tankreihe und plauderten miteinander. Irlbeck duckte sich, bis sie außer Sicht- und Hörweite waren. Wieder Glück gehabt.

Er öffnete die seitliche Inspektionsluke des Tanks und warf einen prüfenden Blick hinein. Der Tank war leer. Der nächste Blick galt dem am Boden liegenden Carlo. Achtzig, fünfundachtzig Kilo, schätzte er, mit Hut und Stiefeln. Irlbeck mobilisierte seine letzten Reserven und spuckte in die Hände. Innerhalb weniger Sekunden hatte er den Körper hochgewuchtet und kopfüber langsam ins Tankinnere gekippt und dann hinuntergleiten lassen. Irlbeck wollte den Tank schon schließen, da fiel ihm der Hut auf, der exakt zwei Bodenfliesen zu seinen Füßen bedeckte. Er schleuderte ihn durch die offene Luke dem Körper hinterher, wie man Abfall auf der Müllkippe entsorgt. Dann warf er einen letzten Blick hinein, nickte zufrieden, schloss die Luke und verriegelte sie wieder. Er sah sich um. Alles ruhig. Aber Irlbeck hatte keine Zeit, sich auszuruhen oder gar zu freuen. Er musste seine Mission zu Ende führen. Die Säuredusche.

***

Für Jiří war es nicht schwer, vorherzusehen, was Irlbeck vorhatte. Schließlich hatte er aufgepasst und unter widrigen Umständen verfolgt, wie der Körper des Kommissars in einem der Lagertanks verschwand. Er konnte nicht beurteilen, ob der Mann noch lebte oder schon tot war. Er war sich jedoch sicher, dass er einiges aushalten konnte. Trotzdem oder gerade deswegen: Was würde er selbst anstellen, wenn er ihn todsicher um die Ecke bringen würde? Er würde die Säuredusche einschalten, um dafür zu sorgen, dass der Körper im Tank für immer seinen letzten Rest Leben aushauchte.

Das traute er auch Irlbeck zu. Deshalb wollte er ihn im Blick behalten und ihn abpassen, bevor er an die Pumpe kam.

***

»Hašek!«

Leitmayr rief sich die Stimme heiser. Sie hatten sich getrennt, nachdem sie in den Maschinenraum gekommen waren, der eine Verbindung zur Halle mit den Lagertanks hatte. Batic war linksrum, er rechtsherum gegangen. Jetzt konnte er nur hoffen, dass sie sich nicht verirrten in diesem damischen Labyrinth, in dem es keinen Handyempfang gab. Er musste höllisch vorsichtig sein mit dem kaputten Arm, um nicht an irgendeinem Mauervorsprung, einem Feuerlöscher, einem bösartig gesinnten Rohr oder einer Tankverriegelung anzuecken. Wäre ihm in diesen höhlenartigen Gängen hier unten ein Krokodil begegnet, er wäre nicht überrascht gewesen.

»Hašek!« Es war Batic, der den Namen rief. Er kam um die Ecke des Hauptgangs gelaufen, genau auf ihn zu. »Hast du ihn gesehen?«, fragte Leitmayr grantig. »Nein? Erst ruft er an, dann spielt er Verstecken mit uns. Der verarscht uns doch, der Kerl!«

Batic machte eine entnervte Geste und setzte die Suche in einem weiteren endlosen Gang fort.

***

Irlbeck rannte, so schnell er konnte. Obwohl er jede Ecke in der verwinkelten Anlage kannte, stolperte er, schlug hier an und verhedderte sich dort in einer herabhängenden Leitung. Er schnaufte wie ein Ochse, unter der dicken Lederjacke begannen sich Hitze und Schweiß zu stauen. Und langsam überfiel ihn Panik. Er hatte die Wahl zwischen zwei katastrophalen Übeln und hatte sich entschlossen, die unmittelbar drohende Gefahr zu beseitigen: Carlo Menzinger. Er war über ihre Machenschaften voll im Bild. Nun lag er eingeschlossen im Tank wie in einem Safe. Was noch fehlte, war sein sicherer Tod.

Irlbeck hastete eine letzte Eisentreppe hinunter zu den Alarmanlagen unterhalb des Maschinenraums. Von dort aus wurde auch die automatische Säure-Waschanlage der Tanks gesteuert. Noch vier Meter, noch drei … er streckte den Arm aus … noch ein Meter … zum Greifen nah. Drei Schalter mussten umgelegt werden, um die Anlage zu aktivieren. Irlbeck zwang sich zur Ruhe, er war außer Atem, nervös, und er hatte Angst. Er legte die kleinen roten Hebel um, griff sich den Schlüssel über dem Sicherheitskasten und steckte ihn ins Schloss.

»Tankwaschanlage« stand groß darüber. Und »Knopf tief drücken« hieß es innerhalb des Kastens neben dem Auslöseknopf.

Sein Daumen zielte auf den schwarzen Knopf. Nun würde die Säure gleich in den Tank fließen und ihn von innen reinigen. Dieser Reinigungsprozess allerdings würde einen kleinen Nebeneffekt haben. Einen, der einfach nötig war, so leid es ihm tat. Servus, Carlo!

Der kalte Strahl traf ihn unvorbereitet. Der Nebel, der ihn einhüllte, machte ihn fast blind. Er schlug die Hände vors Gesicht und spürte überall Nasses, Klebriges, Ekliges. Nebel, überall Nebel. Sein Gesicht brannte, die Augen begannen zu glühen. Er hustete sich die Lunge aus dem Leib, war kurz vorm Kotzen. Jetzt schlug auch noch die Alarmanlage durchdringend an.

Im allerletzten Moment, bevor er hilflos durch den Gang irrte, meinte er ein Gesicht zu erkennen. Der Hašek? Unmöglich. Nicht der Hašek. Viel zu weich, der Kerl.

Vor lauter Vorsicht und Verstecken wäre Jiří fast nicht mehr rechtzeitig gekommen. Doch dann sah er, dass Irlbeck wie vorhergesehen den Kasten öffnete und den Knopf drücken wollte. Er schnappte sich den Feuerlöscher. Eine Millisekunde lang überlegte er, ob er Irlbeck das Gerät über den Schädel ziehen sollte. Er entschied sich anders. Er wählte den Löschschaum.

Irlbeck riss erstaunt die Arme hoch, als ihn der Strahl traf. Klar, das Zeug tat weh. Er hielt sich die Hände schützend vor die Augen und rannte weg.

Jiří hatte bisher erst ein Mal den Alarmknopf drücken dürfen – während seiner Ausbildung. CO_2-Alarm!, plärrte die Sirene lautstark und drehte sich im Takt dazu mit gelbem Licht. Mehr konnte Jiří hier unten nicht tun.

***

Der Lärm der Alarmsirene war ohrenbetäubend. Batic spurtete mit gezogener Waffe in Richtung des Geräuschs. Nebel kam auf, wurde immer dichter. Der typische Geruch von Lösch-Spray. Brannte es, oder was? Der Nebel wurde dichter. Er bog um eine Ecke und sah sich plötzlich einem Mann gegenüber, der bei seinem Anblick augenblicklich die Flucht ergriff.

»Halt!«, rief Batic. »Halt!« Doch der andere verschwand im Nebel. Batic meinte, den Getränkelogistiker Anton Irlbeck erkannt zu haben. Was hatte der jetzt plötzlich hier zu suchen, verflucht? Und wo war Hašek? Batic hastete eine der unzähligen Eisentreppen hoch, nicht wissend, wohin genau sie führte. Die letzte Stufe hätte ihn beinahe Kopf und Kragen gekostet.

Da, rechts stand einer und machte sich an einem der Tanks zu schaffen. Er hatte die Luke geöffnet und schaute mit offenem Mund hinein.

»Hašek!«

Batic sprintete los, die Waffe im Anschlag.

Hašek warf den Tankdeckel zu und flüchtete.

Batic riss die Luke wieder auf und schaute angestrengt in den offenen Tank. Auf dem Grund lag Carlo, blutüberströmt.

Hašek rannte in die andere Richtung, genau Leitmayr in die Arme.

»Franz, pass auf!«, schrie Batic. »Er wollt den Carlo umbringen.«

Leitmayr hielt Hašek fest. Er musste sich beherrschen, ihm nicht mit dem gesunden Arm eine überzubraten.

Hašek sah ihn zitternd an. »Ist großes Missverständnis. Hab ich gerettet Ihren Kollegen vor Sauredusche«, stieß er hervor.

»Der Carlo!«, brüllte Batic vom Tank her. »Er liegt da drinnen. Eine Leiter! Den Sanka!«

Hašek warf Leitmayr, der ihn im Polizeigriff hatte, einen flehenden Blick zu. »Weiß ich, wo ist eine Leiter. Darf ich?«

Leitmayr prüfte seinen Gefangenen aus halb geschlossenen Augen und mit verkniffenem Mund. Dann stieß er ihn von sich.

***

Leitmayrs Notruf war angekommen. Exakt viereinhalb Minuten dauerte es, bis der Krankenwagen des Arbeiter-Samariter-Bundes auf den Brauereihof preschte, dorthin, wo die Malzsilos standen. Mit vereinten Kräften schafften sie es, Carlo aus dem Tank zu bergen. Er lebte. Sie schnallten ihn auf eine Bahre, schoben ihn in den Wagen und rauschten unter Sirenengeheul und Blaulicht ab.

»Zu viele Rundumkennleuchten heut«, murmelte Leitmayr, der mit dem gefesselten Hašek aus dem Gebäude kam. »Wie geht's dem Carlo?«, fragte er Batic, der den Abtransport begleitet hatte.

»Ist immer noch ohne Bewusstsein«, sagte der. »Hat eine schwere Gehirnerschütterung und Schnitt- und Platzwunden. Das kommt davon, weil er immer alles allein machen muss.«

»A bisserl Mitleid könntest scho haben mit ihm«, sagte Leitmayr. Er schob Hašek neben ein Bierfass und ließ ihn sich setzen.

»Ich hab ja Mitleid«, meinte Batic. »Und wie. Du warst doch beim Kiem. Was ist mit unserm Braumeister?«

»Ich hab ihm ausrichten lassen, dass es einen Unfall gegeben hat«, sagte Leitmayr. In diesem Moment tauchte Braumeister Kiem oben an der Tür auf und kam nicht gerade zügig die Eisentreppe herunter. »Die Fahndung nach dem Irlbeck ist übrigens auch raus«, fügte Leitmayr leise hinzu und drehte sich zu Hašek. Er schob ihn vom Fass und sagte: »So, Herr Hašek, mir zwei gehen jetzt a bisserl schaulaufen. Aber unauffällig, wenn ich bitten darf.«

Damit schob er ihn vor sich her über den Hof, wohl wissend, dass Kiem sie sehen musste. Batic behielt derweil den Braumeister im Blick.

Kiem, im Kaschmirsakko und blauem Hemd, beobachtete die Szene im Herabsteigen. Scheiße, sie haben den Hašek geschnappt, dachte er. Und so wie der gebaut ist …

Er ließ eine Sekunde verstreichen, wartete kurz, vergewisserte sich, dass der eine Kriminaler Hašek abgeführt hatte und der andere zwischen den Fässern verschwunden war, dann hastete er die Stufen wieder nach oben. Er musste Irlbeck warnen.

Die Nummer war gespeichert, aber Irlbeck ging nicht selbst an den Apparat. Und Sabine … konnte er ihr trauen? Aber es musste sein.

»Sabine, ist der Toni da? … Nein? … Wenn du ihn vor mir erreichst, dann sag ihm, dass sie den Hašek verhaftet ham. Und sag ihm, i muss dringend mit ihm reden, ja? Also, servus.«

Unmittelbar neben seinem Schreibtisch stand der Büroschrank fürs Grobe. Er schloss ihn auf, überflog kurz die Beschriftungen und entschloss sich, vorläufig zwei Ordner mitzunehmen.

»Die werden nix finden«, murmelte er.

»Da wär ich mir nicht so sicher«, sagte jemand direkt neben seinem Ohr.

Kiem fuhr herum. Es war einer der Kriminaler. Mit breitem Lächeln nahm er ihm die beiden Ordner ab.

Kiems Blut gefror. Er suchte nach Worten. »W-was soll das?«, stammelte er schließlich.

»Das kommt davon«, hörte er den Kriminaler sagen, »wenn man mit den falschen Leuten Fußball spielt.«

***

Mit quietschenden Reifen raste der Geländewagen durch die Einfahrt auf den Hof. Die Arbeiter beim Getränkevertrieb Irlbeck in ihren Blaumännern und den gelben Helmen schauten kaum hoch. Sie waren das gewohnt vom Chef.

Irlbeck riss die Tür auf und rannte auf der Suche nach Sabine in die Lagerhalle, in der sich die Getränkekisten meterhoch stapelten.

»Toni!«

Sie wartete schon auf ihn. Gut zurechtgemacht. Bisserl aufgebrezelt. Das Stündchen mit dem Carlo war an ihrem Toni nicht ganz spurlos vorübergegangen. Er hatte ihr zwar keine Szene gemacht, als sie ihm davon erzählt hatte – schließlich war es seine Idee gewesen, Carlo auf diese Weise auszuhorchen. Doch ein Rest blieb allweil, das wusste sie aus eigener Erfahrung. Also wollte sie was wiedergutmachen an ihm. Doch erst die schlechte Nachricht.

»Du sollst sofort den Kiem anrufen«, sagte sie. »Den Hašek hams verhaftet.«

Das schien ihn nicht zu überraschen. »Die zwei müssen jetzt selber schauen, wo's bleiben«, sagte er kalt. »Wannst no was mitnehmen willst – in fünf Minuten fahrn ma!«

Sabine starrte ihren Mann fassungslos an.

Irlbeck musterte sie forschend. Als ob er plötzlich unendlich viel Zeit hätte. Mit dem Zeigefinger fuhr er ihr durchs Gesicht. »Achtung, frisch gestrichen!«, sagte er bitter. Dann wandte er sich ab und hastete zu dem verglasten Kontrollraum, in dem alle Schlüssel aufbewahrt wurden. Sorgfältig pflückte er einen Fahrzeugschlüssel vom Nagel.

»Das ist der Lkw-Schlüssel«, sagte Sabine ungläubig.

»Ja. Genau.«

»Und was heißt das, in fünf Minuten fahrn ma?«, rief sie. »Was ist denn los?«

Irlbeck fuhr herum. Seine Gesichtszüge waren zerrissen.

»Nix is los. Aus is. Aus und vorbei!«

Noch nie hatte Sabine ihn so erregt und unbeherrscht gesehen. Seine Augen flackerten, er zitterte. Blickte hierhin und dorthin, als suche er ein Schlupfloch.

Ein winziger Hoffnungsschimmer tauchte auf. »Ja,

hast denn net mit'm Carlo reden können?«, fragte sie leise.

Er machte eine wegwerfende Handbewegung. »Pah. Der lasst net mit sich reden.« Ein Ruck ging durch ihn. »Jetzt beeil di. Oder willst warten, bis seine Kollegen da sind und dich wegen Mitwisserschaft drankriegen?«

Sabine sah, dass Fetullah hinter dem Kontrollraum stand. Alles mitkriegte. Aber jetzt war's eh schon wurscht.

Irlbeck warf sich noch einmal herum. Sein Zeigefinger zuckte nach vorn. »Und vergiss die Pässe nicht!«

Kerzengerade stand Sabine da, unfähig, sich zu rühren. Blitzartig schossen Bilder durch ihren Kopf. Reich wollte er immer werden, ihr Toni. Reich. Den Besitz in Marienbad schuldenfrei machen. »Und dann den Betrieb verkaufen, das wär's doch, Sabine. Damit mir's amal schön ham im Alter.« Dafür war ihm jedes Mittel recht. Er konnte ganz schön brutal sein, der Toni, nicht nur im Bett.

Mit der Idee vom Reichwerden hatte sie sich nach und nach angefreundet. Hatte auch ein bisserl mitgemacht. Trotzdem war sie immer gegen die Sache mit der Schwarzbrauerei gewesen. Es war einfach zu riskant. Einen schrecklichen Verdacht hatte sie gleich gehabt, als sie den Meindl tot aufgefunden hatten. Als der Carlo gar von Mord gesprochen hatte. Hoffentlich hat der Toni nix damit zu tun, hatte sie gebetet. Und jetzt betete sie wieder. Herrgott, lass die Gschicht wieder ins Reine kommen! Lass sie gut ausgehen. Tu dem Toni nix an und mir auch net. Bitte!

»Ich hab immer gwusst, das es amal so enden wird«, flüsterte sie.

Hören konnte Irlbeck sie nicht, dafür war er zu weit weg. Aber er las ihr die Worte von den Lippen ab.

»Gar nix endet!«, schrie er. »Mir hauen ab, solang's noch geht.«

»Du nimmst wirklich den Lkw?«, rief Sabine und zog eine Schnute, so wie er's gern mochte.

Doch Anton Irlbeck hatte keinen Sinn für solche Kleinigkeiten. »Genau!«, brüllte er. »Den werdens am wenigsten suchen.«

SECHZEHN

Gerätemedizin. Etwas, woran Frau Doktor Kluny ihre wahre Freude zu haben schien. Tropf, ständig wechselnde Verbände, Punktstrahler, Spritzen, Salben, Ruhe. Ruhe!

»Bleiben Sie ruhig liegen, Herr Menzinger. Ich kümmer mich um alles.« Frau Dr. Kluny. Rührend.

Aber Carlo hatte andere Pläne. In aller Ruhe bereitete er seine Flucht vor. Entfernte Pflaster, Schläuche, Anschlüsse und andere Gerätschaften von seinem Körper. Den Kopfverband behielt er an. Der Turban musste wohl sein.

Frau Dr. Kluny kehrte mit einer guten Nachricht zurück. »Ich hab Ihnen ein wunderbares Zimmer besorgt, Herr Menzinger, ein Einzel…« Sie brach ab. Von Patient Menzinger war nichts mehr zu sehen. Alle Schläuche waren abgemacht. Er war weg. Einfach weg. Keine Nachricht, kein Zettel, keine Spur, wie sie bei der Polizei sagen würden.

Sie schüttelte fassungslos den Kopf. »Die spinnen doch, die Bullen!«

***

»Ein Verhör ist ein Geschäft auf Gegenseitigkeit« lautete ein alter praktischer Juristenspruch. Batic und Leitmayr hatten sich vorgenommen, diesen Satz nicht einmal als kleines Nest in ihrem Hinterkopf zu behalten, wenn sie in die Vernehmung von Hašek und Kiem einsteigen würden. Sie wollten null Zugeständnisse machen, hatten es auch nicht nötig.

Bei Hašek hatte Leitmayr allerdings ohnehin offene

Türen eingerannt. Der Brauereigehilfe hatte geredet wie ein Wasserfall. Leitmayr spielte ihm seine Aussage noch einmal vor, um das Verhör dann zu beenden.

»... war zwar dunkel, hab ich aber genau gesehen, wie sie hineingegangen sind.«

»Korrekt, die Wiedergabe?«, fragte er Jiří Hašek. Der nickte fromm wie ein Lamm auf einer satten tschechischen Weide. An sein verschrammtes Gesicht und die Handschellen hatte er sich mittlerweile offenbar gewöhnt. Den Kapuzenpulli unter der Arbeitsmontur trug er schon den dritten Tag.

»Dann wird das jetzt getippt. Sie unterschreiben das. Und heut Nacht bleiben S' da.«

Sie saßen nebeneinander im Büro, vor sich auf dem Schreibtisch Rekorder und Mikro. Der eigentliche Verhörraum wurde gerade renoviert. Oder anders gesagt: neuesten Vorschriften angepasst. Oder wie's die Insider hinter vorgehaltener Hand sagten: Verkompliziert.

Leitmayr winkte den Kollegen heran, der für die Bewachung Hašeks zuständig war, und drückte ihm die Kassette in die Hand. »Bringen S' des bitte ins Schreibbüro. Und ...«, er wies auf Hašek, »... zeigen S' dem Herrn schon mal unsere Räumlichkeiten.«

Der Beamte führte Hašek zur einen Tür hinaus. Batic führte Braumeister Kiem zur anderen Tür herein.

»Bittschön, Herr Kiem.« Batic wies auf den Stuhl, auf dem eben noch Hašek gesessen hatte. »Hier, setzen Sie sich.«

Leitmayr ließ die Rückenlehne seines Stuhls zurückfahren und vermied es, die Beine auf den Tisch zu legen. »Ah, da sind wir ja fast komplett«, sagte er und faltete die Hände über dem Bauch. »Fehlt nur mehr der Herr Irlbeck. Aber der wird halt ein bisserl später kommen. Den hammer scho in der Fahndung. Danach sind mir eine recht gemütliche Runde.«

Batic hatte sich auf der Kante seines Schreibtischs niedergelassen, Leitmayr pflegte den kaputten Arm am Schreibtisch, Kiem saß zwischen den beiden Kommissaren und war gezwungen, sich immer hin und her zu drehen, wenn er Batic oder Leitmayr ansehen wollte.

»Apropos Irlbeck«, sagte Batic. »Spielt der Herr Irlbeck auch Fußball mit Ihnen und dem Carlo?«

Kiem hob die Arme mit den Handschellen. »Was soll das? Des ham S' doch sicher scho lang rausgfunden.«

»Ich meine, Sie sind doch sehr eng befreundet mit dem Herrn Irlbeck?«, beharrte Batic.

»Fragen S' doch den Carlo.«

Leitmayr erhob sich. »Okay. Nachdem das jetzt geklärt ist, können wir ja weitermachen.« Er griff sich eine bereitliegende Videokassette, umrundete den Schreibtisch und drückte das Video in den Schlitz.

Batic zog die Lederjacke aus, hängte sie an den Garderobenständer und setzte sich auf seinen Stuhl.

»Der Hašek«, sagte Leitmayr, »behauptet im Übrigen sehr glaubhaft, dass nicht er es war, der den Carlo so brutal niedergeschlagen hat. Außerdem gibt er an, dass er an der Schwarzbrauerei nur als Handlanger beteiligt war.« Er ließ seinen Worten Zeit, ihre Wirkung zu entfalten. Dann legte er nach: »Und er hat gesehen, wie Sie, Herr Kiem, und der Herr Irlbeck in der Mordnacht zusammen im Sudhaus waren.«

Kiems bisher offensiv zur Schau getragenes Selbstbewusstsein schrumpfte sichtlich.

»Jetzt machen wir erst einmal eine chronologische Rekonstruktion«, kündigte Batic vom Schreibtisch aus an.

Leitmayr legte den Arm in der Schlinge zurecht, schaute Kiem an, sah den Bildschirm an, kontrollierte und drückte die Fernbedienung.

Er fand den Videokanal nicht auf Anhieb und zappte

sich hektisch durch diverse Programme: »Die Betriebslei…« – »… in einem Lotus neun …« – »… die Wiener Rutschn …«

Als das Video der heutigen Lokalnachrichten schließlich über den Bildschirm flimmerte, atmete er erleichtert auf.

»… seit fast fünfhundert Jahren in München, aber seit heute ist sie in Dortmunder Besitz«, erklärte eine Stimme aus dem Off.

»Na ja, mit einem Arm«, entschuldigte sich Leitmayr leicht überfordert. Technik war noch nie seine Stärke gewesen. Dafür hielt man sich einen anderen Schwerpunkt. Ein Seitenblick streifte Kiem. Der saß da mit halb geöffnetem Mund, hatte das Hemd am Kragen aufgeknöpft. Wie gebannt blickte er auf den Monitor.

Eine Reporterin kam ins Bild. Sie schien mit dem Mikrofon verwachsen.

»Man hat Stimmen gehört, die von einer ›Kulturschande‹ gesprochen haben. Aber im Zeitalter der Firmenkonzentrationen erscheint ein Schritt, wie ihn die Benedictus-Brauerei heute unternommen hat, nur allzu logisch. Herr Direktor Eisinger, wie begründen Sie die Situation?«

Im Raum war es mucksmäuschenstill. Nur Kiems Fingergelenke hörte man knacken. Ein Finger nach dem anderen.

Auf dem Bildschirm warf sich Direktor Eisinger in Positur. Strich sich übers gewellte Haar, lächelte gewinnend in die Kamera, schürzte die Lippen, holte sich das Mikrofon heran und sprach mit betont sonorer Stimme.

»Die Verbindung der Benedictus-Brauerei mit einer starken Muttergesellschaft war einfach zwangsläufig. Sonst … äh … wären wir innerhalb kurzer Zeit in der bedrückenden Situation gewesen, die halbe Belegschaft entlassen zu müssen.« Eisinger rückte seine Krawatte zum dritten Mal zurecht und lächelte die Moderatorin an. »Lieber fünfhundert Jahre Geschichte opfern als einen einzigen Arbeitsplatz.« Er wartete auf Applaus oder ein Lob der Moderatorin.

Kiem aber spuckte es aus. »Reckskerl!«

»Und nun zum Sport …«, leitete ein männlicher Sprecher über. »Der FC Bayern München …«

Leitmayr schaltete das Videoband ab.

»In drei Monaten sitzen wir alle auf der Straße«, sagte Kiem an Batic gewandt.

»Da kann ich Sie beruhigen, Herr Kiem«, sagte der, »*Sie* sitzen in drei Monaten bestimmt nicht auf der Straße.«

Leitmayr schaltete sich von der anderen Seite her ein. »Interessante Neuigkeiten, oder? Was meinen Sie?«

»Da meint er hauptsächlich gar nichts«, sagte Batic. »Das, was Herr Kiem eben gehört hat, ist ja auch ein Schock. Da braucht man Zeit, um das erst mal zu verdauen.« Er rückte näher an Kiem heran. Dessen Miene konnte man ansehen, dass Batic recht hatte. »Aber währenddessen könnten wir uns über das Schwarzbrauerei-Geschäft unterhalten.«

»Wer hat sich denn das Ganze ausgedacht?«, fragte Leitmayr über den Tisch hinweg. Er ahnte, was in Kiem vorging. »Doch nicht der Direktor Eisinger. Oder?«

»Der?«, fuhr Kiem hoch wie von einer Schlange gebissen. »Der gibt sich doch nicht mit solchen Peanuts ab. Sie haben doch grad gesehen, wie er die große Ernte eingfahrn hat. Der braucht uns Kleine net. Nein, wir wollen nur unseren Anteil haben, der uns zusteht. Net mehr und net weniger. Bevor des alles verreckt.« Fast triumphierend schaute er zuerst Leitmayr an, dann Batic. »So einfach ist das.«

»So einfach ist das«, wiederholte Leitmayr. »Oben wird gemauschelt. Unten wird gemauschelt.«

Achselzuckend stimmte Kiem zu.

Das war a bisserl *zu* einfach, dachte Leitmayr. Er warf Batic einen kurzen Blick zu und registrierte Zustimmung. Der Herr Kiem will uns nur ein paar Brocken für den kleinen Hunger vorwerfen. Aber unser Hunger ist groß.

»Was können Sie uns denn über den Tod von Herrn Giesek erzählen?«, fragte er übergangslos.

Kiem schreckte hoch. »Hä? Bitte ... was?« Er warf den Kopf herum und schaute Batic aus großen Augen an.

»Ja, es ist wirklich eine furchtbare Gschicht«, sagte Leitmayr in weinerlichem Ton. »Wissen Sie, ich frag Sie deshalb, Herr Kiem, weil wir Spuren gfunden ham ...«

»... und die führen direkt zu Ihnen«, ergänzte Batic.

Kiem sprang auf. Tat entsetzt. »Davon weiß i nix. Wieso is der Giesek tot?«

Leitmayr drückte ihn einhändig auf den Sitz zurück und blieb neben ihm stehen.

Jetzt wurde Batic heftig. »Wer hat den Meindl umgebracht, Herr Kiem? Spielen Sie uns doch nix vor. Wer hat ihn umgebracht? *Wer?*« Im Sprechen war er um den Schreibtisch herumgegangen, vor dem Kiem saß. Nun stützte er sich mit den Händen auf der Tischplatte ab und rief Kiem ins Ohr: »Es geht um Mord, verdammt noch mal!«

»Ich ...«, rief Kiem aus. »Ich ... ich wollt ihm nur die Brauereiprotokolle abnehmen, weil er damit beweisen hätt können, dass wir zu viel gebraut haben. Aber der Toni hat ja gleich zugeschlagen.«

Leitmayr hatte den Eindruck, dass Kiem die Wahrheit sagte. Er war zwar ein verdammtes Schlitzohr, doch wenn er sich auf seine Menschenkenntnis verlassen konnte, fehlten dem Braumeister Mumm und Nerven, um einen waschechten Mord zu begehen.

»Welcher Toni?«, fragte er.

»Na, der Irlbeck Anton. Der hat den Meindl gleich über das Gärbecken drückt, bis er halb hin war von dem Kohlensäuregas.« Kiem verzog das Gesicht zu einer hässlichen Fratze.« Danach ist halt kein anderer Ausweg mehr geblieben, als ihn … ›stumm zu machen‹, wie's der Irlbeck genannt hat.«

»Aber geholfen haben S' dem Irlbeck schon noch, es ausschauen zu lassen wie einen Unfall, nicht?« Leitmayr redete sich in Rage. Dieser Kerl vor ihnen versuchte jetzt, die gesamte Schuld seinem Komplizen zuzuschieben, um selbst mit weißer Weste dazustehen.

Er hörte ein Geräusch an der Tür. Ein Beamter hatte einen hochgewachsenen, hageren Mann im Schlepptau. Schmales, asketisches Gesicht. Olivfarbener Kampfanzug, ebensolches Barett, Verbandsabzeichen der Bayerischen Bereitschaftspolizei mit schwarzer Pantherskulptur an der Brust.

»'tschuldigung, Kollegen, das ist der Herr …«

»Wegener«, fiel ihm der Bepo-Kommissar schneidig ins Wort und sondierte mit stechendem Blick die Lage. »Batic, Leitmayr … des san doch Sie, oder?«

»Ja, des san mir«, sagte Leitmayr verwirrt. »Was gibt's denn?«

»Des kann ich Ihnen scho sagen.« Wegeners Stimme schraubte sich in eine unangenehme Höhe. Die Hände hatte er inzwischen in die Hüfte gestemmt. Eisern blieben sie dort. »Mir ham a Großdemo. Erstens. Dann sind mir im Stadion vertreten. Zweitens. In zwei Stunden ist Anpfiff. Und drittens ist Starkbierzeit. Ich möchte jetzt auf der Stell von Ihnen wissen, wie lang dieser Scheiß …«, er hüstelte verlegen; Leitmayr hatte sogar den Eindruck, dass sanfte Röte sein Gesicht überzog, »… also, wie lang dieser Einsatz, für den Sie meine besten Männer abgezogen haben, noch dauert.«

Batic und Leitmayr sahen sich verständnislos an. In Braumeister Kiems Augen kam Leben. Sie funkelten neugierig. Oder war es Schadenfreude?

»Wir haben niemanden abgezogen«, sagte Leitmayr schließlich.

»Was für ein Einsatz, um Gotts willen«, fragte Batic nach. »Hängt's mit der Fahndung zusammen, die wir ausgelöst haben?«

»Na«, kam es zurück. »Net die Fahndung. Der Einsatz. Vom Menzinger. Der ghört doch zu euch?«

»Schmarrn«, sagte Leitmayr triumphierend. »Der Carlo Menzinger, der liegt grad schwer verletzt im Krankenhaus.«

Wegener verschränkte die Arme vor der Brust. Lächelte glücklich gequält. Er sah aus wie ein Storch kurz nach der Ankunft seiner Jungen.

»Liegt er nimmer. Der ist unterwegs. Mit meine beiden Männer. Hinter dem her, den ihr zur Fahndung ausgeschrieben habt. Wie heißt er gleich? Der Irm... Mir...«

»Irlbeck.«

»Ja, Irlbeck. Genau.«

Batic stützte sich noch immer auf der Schreibtischplatte ab. Fassungslos schüttelte er den Kopf.

»Der Carlo«, sagte Leitmayr und ging zur Garderobe. »Der hat ja noch einen größeren Dachschaden, als zu befürchten war.« Er warf sich seinen Mantel über. In wenigen Tagen hatte er diese Bewegung zu einer wahren Kunst entwickelt.

»Und was ist mit mir?« Kiem hielt anklagend seine gefesselten Hände in die Höhe.

Batic hatte den Hörer abgenommen und tippte eine Nummer ins Telefon. »Sie bleiben erst mal hier«, beschied er Kiem knapp.

»Erwin!«, rief Leitmayr dem Beamten zu, der im Nebenraum wartete. »Da möchte noch einer sein Gewissen erleichtern.« Mit dem Kinn deutete er zu Kiem hin.

»Gewissen. Die leise Stimme im Inneren. Dort, wo die Akustik so schlecht ist«, murmelte Wegener. Seine Nase wurde immer spitzer.

»Was ham S' gsagt?«, fragte Leitmayr zerstreut.

»Ach nix. Nur so eine Redewendung von der Bepo. Gilt nicht für Kriminaler. Schon gleich nicht für Mordler.«

»Batic«, meldete sich Batic am Telefon. »Ja. Versuchen Sie rauszukriegen, wo der Menzinger is. Wo er sich aufhält. Jaja, mit allen Mitteln.«

»Giesek hat's nämlich nicht ausghalten«, sagte Leitmayr zu Kiem.

»Was nicht ausghalten?«, fragte der mit entgeisterter Miene zurück.

»Der ist mit zwei Leuten von der Bepo unterwegs«, rief Batic ins Telefon.

»Sein schlechtes Gewissen. Der hat sich umgebracht«, erklärte Leitmayr.

»Vom Wegener, ja. Begreifts doch endlich!«, bellte Batic und schmiss den Hörer zurück auf die Gabel.

Wegener von der Bepo war unter der Tür festgefroren. Seine Miene war eisig. Das musste erst verarbeitet werden, wie's an einem normalen Arbeitstag bei der Kripo zuging.

SIEBZEHN

»Schau, mein Altersruhesitz in Marienbad.« Carlo Menzinger erinnerte sich genau an das Foto von dem Bauernhof an der Wand in Anton Irlbecks Büro. Ein weitläufiger Komplex mit Haupthaus, Nebengebäuden und wahrscheinlich irgendwelchen Stallungen. »Im Einkauf liegt der Gewinn. Billig gekriegt. Unter der Hand.«

Um ins tschechische Marienbad zu kommen, musste man die Nürnberger Autobahn nehmen, die A 9. Entfernung dreihundert Kilometer. Mit einem Lkw in vier Stunden zu schaffen. Aber erwischen musste er den Irlbeck vorher.

Sie rasten im Einsatzkombi der Bereitschaftpolizei in der Abenddämmerung am Englischen Garten vorbei durch Schwabing hindurch die Ungererstraße hinaus. Carlo saß vorn neben dem Fahrer. Sie hatten Glück, kaum Berufsverkehr, kein Stau vor ihnen. Zwei- bis dreispurig die Straße, auf der Gegenseite auch, dazwischen Park und Bäume. Häuserblocks zu beiden Seiten, Tankstellen, Einkaufszentrum, Bankenzentrum, Parkhaus, Polizeiinspektion, ein großes Hotelschild, Wegweiser zur Autobahn. Zur City, zum Olympiastadion, nach Passau, nach Regensburg, nach Salzburg. Theoretisch müsste Irlbeck in einer knappen Stunde auf die Regensburger Autobahn abbiegen, um nach Marienbad zu kommen, aber Carlo war sich sicher, dass er nicht mal auf die Nürnberger kommen würde.

Er saß hinten im Bepo-Einsatzfahrzeug. Den Gestank der Straße konnte er durchs geschlossene Fenster riechen. Carlo rieb sich über den Kopf, der in einen Turban vom Format eines indischen Derwischs eingewickelt war. Nur die darunter hervorschauenden Pflaster erinnerten an einen Kopfverband. Er schaute kurz in den Rückspiegel. Eigentlich sah er eher aus wie ein exotischer Gartenzwerg, fand er. Aber ein sympathischer.

Kurz vor dem Mittleren Ring auf Höhe der Studentenstadt hatten sie ihn, den weißen Lkw des Getränkevertriebs Irlbeck mit dem Kennzeichen M-SI 2360. Erst jetzt, auf Carlos Geheiß, schaltete der Fahrer das Blaulicht ein. Sie fuhren dicht auf und schalteten die Sirene zu. Irlbeck konnte ihnen unmöglich entkommen.

Der Lkw beschleunigte. Das bedeutete, dass Irlbeck, der sicher am Steuer saß, sie bemerkt haben musste.

Carlo hatte eine genaue Vorstellung davon, was sich da vorn im Führerhaus abspielte. Irlbeck am Steuer, ein Verrückter, der sein Glück nur in der Flucht suchen konnte. Nach all dem, was hinter ihm lag. Irrer Blick, Gaspedal durchgedrückt. Neben ihm Sabine. Die Frau, die er immer schon verehrt hatte, von klein auf. Angst würde sie haben, die Sabine, sie würde ihren Mann anflehen, langsamer zu fahren: »Schau doch, Toni, die Polizei ist schon hinter uns her!« Ihre roten Locken, die weiche Haut, das Grübchen im Kinn, Schreck in den Augen.

Weinen würde sie, stellte er sich vor. Tränen liefen über ihre hübschen Wangen. Tropften auf ihren Lippen, die so überaus zärtlich küssen konnten.

»Halt an, Toni. Des geht net gut. Die sind doch hinter uns! Die haben uns glei.«

»Hör auf mit dem Geheul«, würde er sie anbrüllen. »Entweder mir kommen durch, oder mir fahren halt gegen eine Wand. Du und i.«

»Batic«, unterbrach der Funk krächzend Carlos Gedanken. »Kann ich mal den Carlo Menzinger sprechen?«

»Moment bitte.« Der Bepo-Fahrer warf Carlo einen bedeutungsvollen Blick zu und reichte ihm den Hörer.

»Ja, Ivo, was gibt's?« Die Frage war von Carlo nur freundschaftlich gemeint. Er wusste sehr wohl, was es gab. In den Augen seiner Kollegen stand er kurz vor der Zwangseinweisung in die Geschlossene. Doch er selbst war hundertprozentig sicher, dass er sich auf dem richtigen Weg befand.

»Warum bist du nicht in der Klinik geblieben?«, drang Batics Stimme zu ihm. Er klang fast hysterisch.

Da musste Carlo nicht lange überlegen. »Der Irlbeck entwischt mir net noch amal, des sag i dir.«

Es krächzte im Lautsprecher. Der Fahrer drehte kurz an der Einstellung.

»Pass um Himmels willen auf, Carlo. Der Mann ist saugefährlich.«

»Und du bist ja gar nicht einsatzfähig«, mischte sich jetzt auch noch Leitmayr ein. Die Kollegen schienen wirklich besorgt um ihn zu sein. Wieder dieses Krächzen. Modernste Polizeitechnik. »Wo bist'n du überhaupt?«

»Hast du eine Ahnung. Mir geht's blendend.« Anschließend gab Carlo seine ungefähren Koordinaten durch.

»Woher weißt du denn, wo der hinwill?«, fragte Leitmayr, und Carlo meinte das charakteristische Geräusch sich drehender Rotoren zu hören. Die Kollegen hatten die Verfolgung offenbar im Hubschrauber aufgenommen.

»Weil er direkt vor mir ist.« Die Rücklichter des Irlbeck-Lasters leuchteten wie der Abendstern am Nachthimmel. »Außerdem hat mir sein Hiwi gesagt, dass er nach Tschechien will.« Das mit Marienbad wollte er lieber für sich behalten.

»Respekt!« Aus Leitmayrs Ton, selbst wenn er krächzend war, klang ehrliche Anerkennung.

Carlo hörte ein Knacken. Dann wieder lautes Krächzen. Oder war es Husten?

»Vielleicht sollten wir ihm öfter eine auf den Kopf geben!« War das Leitmayrs Stimme? Keinesfalls war es ein Spruch, der öffentlich durch den Äther gehen sollte. Das Interkom des Hubschraubers? Die interne Verbindung zwischen der Besatzung. Entweder hatte der Pilot da oben sie versehentlich zugeschaltet, oder es handelte sich um einen blödsinnigen Schabernack.

Der Fahrer des Kombis warf, während er fuhr, einen ausgiebigen Blick auf Carlos Turban. Beide Beamten schnauften durch. Sie waren jung, so um die dreißig.

»Ein bisschen mehr Mitgefühl, wenn ich bitten darf, Franz«, hörte er Batic sagen.

»Muss er ausgerechnet jetzt den Helden spielen?«, fragte Leitmayr. »Der ist doch mit seiner Verletzung gar nicht in der Lage, so eine Operation durchzuführen.«

»Der Carlo will seine offene Rechnung mit dem Irlbeck begleichen«, hörte er Batics Stimme.

Carlo nickte entschlossen. Das war der eine Grund. Der andere: Er wollte Sabine aus den Händen dieses Verbrechers retten.

***

»Scheiße!«, brüllte Irlbeck. »A Polizeisperre!« Dabei war die Autobahnauffahrt nur noch ein paar Kilometer entfernt.

»Und hinter uns die Polizei mit Blaulicht!«, schrie Sabine. »Halt an, Toni! Du hast doch keine Chance mehr!«

Irlbeck umklammerte das Lenkrad noch fester. Es war stockdunkel geworden. Vor ihm rotierendes Rotlicht, blinkendes Blaulicht hinter ihm. Über ihm der Nachthimmel. Sie saßen in der Falle. Siebenundneunzig km/h zeigte der Tacho an. Er fuhr mit Aufblendlicht. Vielleicht noch hundert Meter bis zur Polizeisperre. Sollte er …? Aber dann hätte er überhaupt keine Chance mehr. Sein

Lebenswerk wäre zum Teufel. Alles, was er aufgebaut hatte. Und Sabine? Ein schneller Blick zur Seite. Sie weinte.

Nein! Er gab nicht auf. Er drückte weiter aufs Gas. Hundertvier zeigte der Tacho. War das eine Straße, die da abging? Nach rechts weg? Er konnte sein Glück nicht fassen. Ein Blick in den Rückspiegel. Er holte nach links aus, die Adern auf seinem Handrücken traten hervor. Im Kurven stieg er voll in die Bremse, Sabine neben ihm schrie sich die Kehle aus dem Leib, flog gegen ihn, als er, so scharf es ging, nach rechts einschlug, den Fuß noch immer auf der Bremse. Er steuerte gegen, aber bring einen Siebeneinhalbtonner um eine Neunziggradkurve! Er schlingerte, und Irlbeck dachte schon, er würde wegrutschen und kippen oder sich überschlagen. Doch er schaffte es.

»Neiiin!«, schrie Sabine neben ihm.

Dann sah er, warum sie schrie.

»Da vorne geht's net weiter! Halt an, Toni!«

Es war zu spät. Jeder Bremsversuch wäre umsonst gewesen. Mit Vollgas raste er auf das Hindernis zu. Der schwere Laster durchbrach das Tor, schlingerte wild hin und her und kam mit aufgeblendeten Scheinwerfern knirschend auf lockerem Kies zum Stehen.

Irlbeck nahm die Hände vom Steuer, lehnte sich zurück und starrte schwer atmend durch die Windschutzscheibe. Ein Fabrikkomplex in U-Form. Er stand in einem Hof. Sabine war still, sagte keinen Ton mehr. Nur der laufende Diesel war zu hören. Ihm kam es vor wie ein beängstigend tobendes Unwetter.

Hinter ihm das Blaulicht. Noch immer.

Einer stieg aus.

Carlo.

Irlbeck presste die Lippen fest aufeinander. Ließ das

Fenster herunter. Ein Dschungel aus Geräuschen da draußen, abgeschwächt, fremdartig, aber doch deutlich.

Es war tatsächlich Carlo. Er trug eine seltsame Kopfbedeckung. Eine weiße Mütze. Hatte er noch nie bei ihm gesehen. Schlagartig dämmerte Irlbeck, dass es keine Mütze war. Sondern ein Verband. Er war also aus dem Tank entkommen, der Lump. Vermutlich dank Hašek, dem elendigen Verräter.

Er fuhr das Fenster wieder hoch. Die Stille im Führerhaus war wie eine Explosion. Aber bevor ihr Echo verhallt war, hatte er sich wieder gefangen. Er tat etwas, was selbst er nie für möglich gehalten hätte. Er legte den Arm um seine Frau und sagte mit kalter Stimme:

»Komm her, Sabine.«

»So, jetzt ham man. Endstation.«

Carlo hatte die Tür des Einsatzkombis zurückgefahren und war hinausgesprungen. Erst machte er sich ein Bild. Links ein niedriges Gebäude, rechts eine flache Lagerhalle. Ein heruntergekommener Fabrikbau in zwölf Uhr. Die Wände waren wie in alten Fernsehfilmen aus Ziegeln und Putz, der teilweise abgebröckelt war. Davor zwei mit Planen abgedeckte Pkw. Der Irlbeck-Laster war unmittelbar vor einem mächtigen hellen Tank zum Halt gekommen. Glück gehabt, der Toni. Drei Meter weiter, und er wäre in die Luft geflogen.

In kleinen Schritten und geduckter Haltung näherte sich Carlo dem Fahrzeug. Er vermisste seine Waffe, die bei dem Angriff in der Brauerei abhandengekommen war.

Er ging in die Hocke.

Vom Einsatzwagen her war der Hof in grelles, zuckendes Blau getaucht. Um zum Führerhaus zu gelangen, ohne im Rückspiegel entdeckt zu werden, musste sich Carlo dicht an die Bordwand drücken. Dann war er an der Fahrertür. Sah hinauf zum Rückspiegel. Kein Gesicht im Spiegel. Also konnte auch er nicht gesehen werden.

»Getränke Logistik Irlbeck« stand in zwei Zeilen auf der Fahrertür. Diese Tür riss Carlo auf.

Irlbeck sah ihm ins Gesicht. Seine Augen waren glasig vor Hass. Er war vom Steuer weggerückt. Und er hielt Sabine mit dem rechten Arm umklammert.

»Gell, Carlo, da schaust«, zischte er so leise, dass er kaum zu verstehen war. »Hols dir ruhig, die Sabine!«

Das hätte Carlo gern getan. Es gab nur ein Problem. Mit der Linken hielt Irlbeck Sabine eine Pistole gegen die Wange. Carlos Pistole. Sabine hatte die Augen geschlossen und war bleich wie der Tod.

Fünf Sekunden dauerte es, bis Carlo den Schock halbwegs verdaut hatte. Er blieb einfach stehen und starrte ins Führerhaus. »Bleib ruhig«, sagte er. »Bleib ganz ruhig. Mach keinen Scheiß.«

»Kein Problem, Carlo. Wir tauschen jetzt einfach unsere Autos.« Irlbecks Mundwinkel waren zu einem falschen Lächeln hochgezogen. Der Kerl, der Carlo ins Gesicht blickte, wünschte ihm nichts weiter als den Tod.

Carlo ließ Irlbeck nicht aus den Augen. Sabine hing wie tot in seinem Arm, die Pistolenmündung an der Schläfe. »Des hat doch keinen Sinn«, sagte er. »Du gwinnst nix.«

»*Du* gwinnst nix!«, brüllte Irlbeck. »Und gegen mi gwinnst scho zweimal nix. So, und jetzt tust die Hände auf'n Kopf!«

Carlo gehorchte. Es fiel ihm gar nicht so schwer, seinen demolierten Kopf ein wenig zu stützen. Im Augenwinkel sah er, wie einer der beiden Bereitschaftspolizisten mit erhobener Waffe auf sie zuschlich.

Irgendetwas musste Irlbeck irritiert haben. Er bekam die Bewegung mit. Auch der zweite Bepo-Mann war inzwischen ausgestiegen. Irlbeck fuhr herum und beugte sich hinaus.

Irlbeck schrie mit sich überschlagender Stimme: »Und ihr andern da drüben, kommt her! Kommt näher, dass ich euch sehen kann! Gemma, gemma! Keine Tricks. Ich seh alles.«

Die beiden jungen Beamten in Kampfanzug, Rollkragen, Barett, Pistolen im Anschlag, die Mündung auf Irlbeck gerichtet, taten, was er verlangte.

Sabine! Aus dem Augenwinkel bekam Carlo mit, wie sie sich hinter Irlbeck rührte.

»Die Pistolen auf den Boden!«, brüllte Irlbeck. »Aber vorsichtig. Macht scho.«

Einer der beiden Bepo-Manner sah Carlo fragend an. Der nickte stumm. Langsam gingen beide in die Knie, wie sie es auf der Polizeischule gelernt hatten, und legten die Waffen auf den Boden.

»So ist's brav! Und jetzt gemma rückwärts. Gaaanz langsam. Und bleibt weg von die Waffen!«

»I hab kei Waffen!«. warf Carlo vorsichtshalber ein.

Ein teuflisches Grinsen. Ein diabolisches Lachen. »Des weiß i. Kannst a net haben. Die hab ja i.« Triumphierend hielt er Carlos Dienstwaffe hoch. In diesem Augenblick schien er ein Geräusch hinter sich zu hören.

Carlo sah, wie Sabine die Tür weit aufstieß und hinaussprang.

»Sabine!«, brüllte Irlbeck wie von Sinnen und wandte sich um.

Carlo schlug zu. Er packte Irlbeck an der Jacke und riss ihn aus dem Führerhaus. Ein wilder Ringkampf auf dem Asphaltboden entbrannte.

Einer, den Carlo verlor. Er lag hilflos auf dem Rücken; Irlbeck hämmerte seinen Kopf gegen den Steinboden und hörte nicht mehr auf damit.

Die Bepo-Männer hatten ihre Waffen wieder aufgenommen und zielten auf Irlbeck. In letzter Not richtete der die Pistole auf den hilflos am Boden liegenden Carlo.

»Aufhören!« Eine befehlsgewohnte Stimme. Die zwei Bepos standen mit schussbereiter Waffe über ihm. Auge in Auge.

»Ihr habts keine Chance!«, brüllte er und sprang auf. »Ich hab den Carlo genau im Visier. Versteht ihr, ich brauch bloß abdrücken!«

Irlbeck wirbelte herum. Ein Schuss fiel. Der Querschläger heulte auf.

Carlo war verletzt, und alles tat ihm weh. Aber er war am Leben. Und bei Bewusstsein. Er sah, wie Sabine unter den Truck kroch. Er wusste nicht, ob sie ihn sehen konnte, doch er gab ihr ein Zeichen. Sie winkte kurz zurück.

Plötzlich zuckte ein brutaler, schneidender Schmerz durch seinen Kopf, und er bäumte sich auf. Eine dunkle Gasse tat sich auf. Wie von weit her hörte er Schüsse. Das »Wuiiii« der Querschläger, wenn die Geschosse auf Metall trafen. Und er lag mittendrin.

Die Kollegen von der Bepo machten Jagd auf Irlbeck. Sie feuerten auf ihn, er schoss zurück. Mühsam gelang es Carlo, sich aufzurichten und sich zum Lkw zu schleppen.

»Sabine, komm rüber!«, zischte er leise.

Eine Sekunde später half er ihr auf die Beine und hielt sie im Arm. Der Schmerz war weg. Zärtlich schob er ihr ein paar rote Strähnen aus der Stirn. Blass war sie. Blass, aber das würde sich ändern.

»Gib mir Deckung!«, hörte er einen der Bepo-Männer brüllen.

»Bleib da«, sagte er zu Sabine. »Bleib einfach da stehen. Einfach da am Lkw.«

»Carlo …«, flüsterte Sabine ängstlich und schaute ihn

so verwirrt an, als ob sie ein sonderbares Rätsel lösen wollte. Eines, das keine gute Lösung versprach.

Er hielt ihre Hand und strich mit der anderen über die wunderschönen Locken, die ihr weich über die Schultern fielen.

»Psssch«, machte er und legte ihr zwei Finger über den Mund.

Anton Irlbeck hörte das Geräusch des Hubschraubers schräg über sich. Er spürte die Luftwirbel des Rotors und sah, wie feiner Sand und ganze Brocken aufflogen, als der Scheinwerfer von oben den Fabrikhof in grelles Licht tauchte.

Die Position der beiden Polizisten kannte er nicht. Er befand sich auf dem unbekannten Gelände einer alten Fabrik, ein paar Bäume, das vergammelte Haus, vor ihm ein Pkw mit einer halb zerfetzten Plane drüber. Er hatte die Orientierung verloren. Er wusste nicht mehr, wohin er fliehen sollte. Der Hubschrauber zeigte ihm schließlich den Weg. Seine starken Punktstrahler waren unerbittlich auf seinen weißen Lkw gerichtet, als wolle er ihn damit abschießen.

Irlbeck näherte sich ihm vorsichtig sichernd mit einer Waffe, von der er nicht wusste, wie viel Schuss sie noch hatte. Er merkte, wie ihm der Schweiß ausbrach, als er die Beine in den Stiefeln sah. Ein kribbelndes Gefühl kroch ihm die Arme hoch. Die Beine im Halbdunkel vor dem Lkw mussten zu Sabine gehören. Es waren ihre Stiefel. Die hohen Absätze …

Er rannte ein paar Schritte und stoppte abrupt. Sie war es! Sie stand auf der anderen Seite des Lkw.

»Sabiiineee! Ich seeeh dich!«

Er brachte die Pistole in Anschlag und presste sich an die gegenüberliegende Bordwand. Sein Kopf verdeckte das zweite »e« von »Getränkevertrieb« an seinem neuen glänzend weißen Lastzug. Er hoffte, dass zumindest noch eine Kugel in der Waffe war. Die letzte Patrone …

Irlbeck hörte einen kurzen Zischlaut, dann ein klirrendes Poltern; schließlich merkte er, dass das Poltern näher kam. Er spürte einen stumpfen, schmerzhaften Schlag gegen den Kopf, etwas Schweres krachte auf ihn herunter; sein Kopf sackte weg, die Beine versagten ihm, und er stürzte zu Boden. Carlo hatte die seitliche Laderampe seines Lastzugs geöffnet. Auf dem Rücken liegend musste er hilflos mit ansehen, wie sich aus dem Inneren ein gigantischer Stapel Bierkästen löste und ihn unter sich begrub. Er wollte schreien, aber er brachte keinen Ton über die Lippen.

Auch als Carlo Menzinger mit gezogener Waffe über ihm stand, fand er zunächst keine Worte. Seine Hände waren taub, und er spürte seine Füße nicht mehr. Auf den Lippen schmeckte er Schweiß und Blut.

»Den könnts entsorgen, Jungs«, hörte er Carlo sagen. »Danke.«

Er wollte sich wehren, aber es ging nicht. Auch die Waffe war weg. Sie zogen ihn auf die Beine, legten ihn in Handschellen und führten ihn ab.

***

Batic und Leitmayr sprangen aus dem Hubschrauber, duckten sich unter dem laufenden Rotor weg und eilten nebeneinander zur Einsatzstelle. Eine alte Fabrik, ein hoher Drahtzaun, ein Fahrzeug der Bepo, der weiße Lkw.

»Ahhh«, schrie Batic und knickte um. »Scheiß-Maulwurfhaufen.« Mit schmerzverzerrtem Gesicht humpelte er auf einem Bein im Kreis, dann stützte er sich kläglich auf Leitmayr.

»Vorsicht«, warnte der. »Pass auf meinen Arm auf.«

»Hast dich verletzt?«, fragte Carlo ohne Häme, als sie ihn erreicht hatten. Er saß auf einem abgestürzten Bierkasten im Schein des kreiselnden Blaulichts und sah aus wie der Spielführer nach einer verlorenen Meisterschaft.

Batic wollte schon kontern, überlegte es sich dann aber anders. »Aus Solidarität«, sagte er.

»Weißt, Polizeiarbeit ist ...«, setzte Leitmayr an.

»... Teamarbeit«, vervollständigte Carlo und griff sich an den Kopf. »Hörts endlich auf mit dem Schmarrn.« Dann nahm er die Schärfe aus seinem Ton und ergänzte: »Is schon gut. Alles is jetzt vorbei.«

Er hatte es leise gesagt. Doch als ob sie es gehört hätte, kam Sabine Irlbeck langsam hinter dem Laster hervor. Sie hatte die Hände in den Taschen ihres gelben Anoraks vergraben und blickte zu Boden. Carlo ging auf sie zu und nahm sie in den Arm.

Batic und Leitmayr warfen sich einen kurzen Blick zu. Das war eigentlich nicht für ihre Augen bestimmt. Sie sahen trotzdem zu.

»Gar nix is gut«, sagte Sabine leise. »Aber vorbei is es. Endlich.« Sie wischte sich über die Augen.

Carlo warf einen verlegenen Blick zu den Kollegen. Sabines Kopf lag an seiner Brust. »Sabine, du kannst auf mich zählen. Ich werd zu dir stehen.« Seine Lautstärke war verhalten, doch Batic verstand ihn trotzdem.

Auch ihre Antwort: »Ach Carlo, des hat doch alles keinen Sinn mehr. Hat's noch nie gehabt.« Sie bedachte ihn mit einem unbeholfenen Lächeln.

Batic war froh, dass ihm sein Knöchel zu schaffen machte und mittlerweile anschwoll. So konnte er die Träne im Augenwinkel wenigstens auf den Schmerz schieben.

ACHTZEHN

Fünfzigmal den Federgriff zu drücken schmerzte. »Der Federgriff ist ein Gerät zur Kräftigung der Hand- und Unterarmmuskulatur. Aufgrund seiner geringen Größe leicht zu verstauen und überall einsetzbar.« So stand es in der Anleitung. Leitmayr hatte sich einen Federgriff für den immer noch versehrten linken Arm bestellt. Dann fand er heraus, dass auch Extremkletterer den Federgriff benutzten. Seither hatte er das Teil praktisch ständig dabei. In der Badewanne, in der S-Bahn, beim Fernsehen, beim Lesen im Bett.

Und im Beruf.

Leitmayr presste den Federgriff am Dienstschreibtisch, wann immer es ging. Beim Telefonieren, am Computer, beim Auf- und Ab-Gehen, auf dem Klo. Hundertmal, nach fünfzigmal begann es wehzutun.

Batic dagegen hatte sein Bein mit dem frisch verstauchten Knöchel kurzerhand auf den Schreibtisch gelegt. Zur weiteren Entlastung hatte er das Bürgerliche Gesetzbuch, einen Band Polizei- und Ordnungsrecht und das Strafgesetzbuch übereinandergestapelt und den Fuß darauf gebettet, weil er der festen Meinung war, der verunglückte Knöchel würde darauf sanfter ruhen und schneller heilen.

Carlo stand vor dem Spiegel am Waschbecken und betastete die Hämatome rings um seine Augen. Die Partie zwischen Lid und Jochbein war zugeschwollen und schwankte farblich zwischen Blau, Grün und Violett. Unwillkürlich fand seine Hand auch den Weg zum Schädel und fuhr liebevoll über den Turbanverband. Den Pferdeschwanz hatte er aufgelöst. Das lange Haar fiel ihm über die Schultern. Trotzdem gefiel Carlo sich nicht, nicht nur äußerlich nicht. Der Kerl, der ihn aus dem Spiegel heraus anschaute, war ein völlig anderer als noch vor einer Woche.

»Die neue Brille steht dir gut, Carlo«, spottete Leitmayr. »Nur der Hut is nix.«

»Das stimmt«, pflichtete Batic bei.

Carlo seufzte, löste den Blick von seinem Spiegelbild und ging zur Kaffeemaschine. Er nahm eine Tasse aus dem Regal, überlegte kurz, entschied sich dann doch anders und stellte sich vor die Wand, an der der große Stadtplan von München hing. Er löste das Klettband und pflückte den Sheriffstern, den ihm die beiden verehrt hatten, von der unteren Ecke. Er hatte ihn unmittelbar nach der Schenkung achtlos dorthin geklebt.

»Und was willst denn mit den Frauen, Carlo?«, fragte Batic. »Du hast doch uns.«

Carlo blies die Backen auf und entließ die Luft wieder. »Frag mich was Leichteres.«

»Na endlich«, sagte Leitmayr. Er legte den Federgriff weg und massierte sich die linke Hand mit der rechten.

»Könntest mal ölen, das Teil«, sagte Carlo. »Das dauernde Quietschen, das nervt unheimlich.«

Leitmayr und Batic warfen sich einen vielsagenden Blick zu.

Carlo machte wieder die paar Schritte zum Kaffee hin. Blieb wieder davor stehen. Und kehrte wieder um. »Kommt, gehn mir lieber einen Ultimator trinken«, sagte er.

Leitmayr nickte heftig. »Mindestens einen«, sagte er.

Carlo ging zur Tür und nahm schon mal Hut und Jacke vom Haken.

Er sah zu Leitmayr zurück. »Wie geht's denn eigentlich dem Kroaten?«, fragte er.

Leitmayr sah Batic an. »Ja, Ivo, wie geht's dir?«

Batic hob zufrieden die Schulter. »Mir geht's gut.«

Carlo schlüpfte in die Jacke. »Nein, i mein den anderen, den Markovic.«

»Ach, den Markovic«, sagte Batic vom Schreibtisch her. »Der liegt im Krankenhaus. Unter schärfster Bewachung.«

Leitmayr wickelte die Binde wieder um die Armkompresse. »Schärfste Bewachung, ja. Des hätt mer mit dir auch machen sollen.«

Nach drei Minuten hatten sie ihr Notlazarett auf den Flur verlegt. Nebeneinanderher marschierten sie den Gang hinunter Richtung Ultimator. Carlo im karierten Hemd mit weißem Turban. Leitmayr mit dem lädierten linken Arm in der Schlinge, die Jacke in der anderen Hand. Batic humpelte auf Krücken zwischen ihnen dahin.

Klack-klack-klack.

»Ich weiß gar net, was ihr wollts?«, sagte Carlo in trotzigem Ton und fasste sich an den Sheriffstern. »Ich hab's doch gschafft. Ganz allein hab ich's gschafft.«

»Carlo«, sagte Batic, »i sag dir was. Du bist …«

»Äh-äh«, unterbrach Leitmayr. »Sag's lieber net. Sonst zieht er seine Einladung z'rück.«

»Was für a Einladung?«, fragte Carlo verwundert. »Im Übrigen: Könntest du net amal deine Krücken ölen? Des Geklapper macht einen ja ganz verrückt.«

Das Erste

rbb
RUNDFUNK BERLIN-BRANDENBURG

Oliver G. Wachlin
BLINDER GLAUBE
Kriminalroman nach der gleichnamigen
ARD-Serie »Tatort«
© Das Erste / Rundfunk Berlin-Brandenburg (rbb)
Agentur: WDR mediagroup licensing GmbH
Nach dem Tatort-Krimi von Andreas Pflüger
Broschur, 160 Seiten
ISBN 978-3-89705-660-2

»Hitverdächtig. Auf die Bestsellerverfilmung folgt nun die Quotenhitverschriftlichung.« tvmedia

mdr

Oliver G. Wachlin
TODESSTRAFE
Kriminalroman nach der gleichnamigen
ARD-Serie »Tatort«
© Das Erste / MDR, Lizenz durch Telepool GmbH
Agentur: WDR mediagroup licensing GmbH
Nach dem Tatort-Krimi von Mario Giordano
und Andreas Schlüter
Broschur, 176 Seiten
ISBN 978-3-89705-665-7

»Der gelungene Einstieg eines neuen Teams.«
Kriminalakte

radiobremen

Christoph Ernst
STRAHLENDE ZUKUNFT
Kriminalroman nach der gleichnamigen
ARD-Serie »Tatort«
© Das Erste / Radio Bremen
Agentur: WDR mediagroup licensing GmbH
Nach dem Tatort-Krimi von Christian Jeltsch
Broschur, 160 Seiten
ISBN 978-3-89705-666-4

»Eine spannend präsentierte Story mit Aktualitätsbezug, Action und einem unvorhersehbaren Final-Twist.« www.buchwurm.de

Das Erste

WDR

Martin Schüller
DIE BLUME DES BÖSEN
Kriminalroman nach der gleichnamigen
ARD-Serie »Tatort«
© Das Erste, WDR
Agentur: WDR mediagroup licensing GmbH
Nach dem Tatort-Krimi von Thomas Stiller
Broschur, 160 Seiten
ISBN 978-3-89705-658-9

»Viel mehr als eine bloße Drehbuch-Niederschrift: fesselndes Kopfkino für ›Tatort‹-Fans!« Hörzu

BR

Martin Schüller
A GMAHDE WIESN
Kriminalroman nach der gleichnamigen
ARD-Serie »Tatort«
© Das Erste / BR, Lizenz durch Telepool GmbH
Agentur: WDR mediagroup licensing GmbH
Nach dem Tatort-Krimi von Friedrich Ani
Broschur, 160 Seiten
ISBN 978-3-89705-664-0

»Die Sympathie für die kleinen Leute schimmert in der Romanfassung vielleicht sogar etwas stärker als im Film durch. Ein guter Krimi.« Kriminalakte

SR

Martin Conrath
AUS DER TRAUM ...
Kriminalroman nach der gleichnamigen
ARD-Serie »Tatort«
© Das Erste / Saarländischer Rundfunk
Agentur: WDR mediagroup licensing GmbH
Nach dem Tatort-Krimi von Fred und
Léonie-Claire Breinersdorfer
Broschur, 176 Seiten
ISBN 978-3-89705-661-9

»Die Charaktere werden plastisch gezeichnet.«
Kriminalakte

Das Erste

NDR

Hannes Nygaard
ERNTEDANK
Kriminalroman nach der gleichnamigen
ARD-Serie »Tatort«

Agentur: WDR mediagroup licensing GmbH
Nach dem Tatort-Krimi von Angelina Maccarone
Broschur, 176 Seiten
ISBN 978-3-89705-659-6

»Hannes Nygaard, der seit vielen Jahren Kriminalromane schreibt, die im norddeutschen Raum, vor allem in der Gegend um Husum spielen, hat sich dieses Tatorts angenommen.« NDR 1 Niedersachsen

SWR

Susanne Kraft
SEENOT
Kriminalroman nach der gleichnamigen
ARD-Serie »Tatort«

Agentur: WDR mediagroup licensing GmbH
Nach dem Tatort-Krimi von Dorothee Schön
Broschur, 208 Seiten
ISBN 978-3-89705-663-3

»Der idyllische Bodensee wird zum Schauplatz blutiger Verbrechen.« Auf einen Blick

SWR

Martin Conrath
VERMISST
Kriminalroman nach der gleichnamigen
ARD-Serie »Tatort«

Agentur: WDR mediagroup licensing GmbH
Nach dem Tatort-Krimi von Christoph Darnstädt
Broschur, 160 Seiten
ISBN 978-3-89705-735-7

»Zwanzig Jahre Lena Odenthal: Krimiautor Martin Conrath ist eine packende Romanfassung des Jubiläums-TV-Stoffs gelungen.«

Das Erste

WDR

Martin Schüller
MOLTKE
Kriminalroman nach der gleichnamigen
ARD-Serie »Tatort«
© Das Erste, WDR
Agentur: WDR mediagroup licensing GmbH
Nach dem Tatort-Krimi von Axel Götz,
Jan Hinter und Thomas Wesskamp
Broschur, 160 Seiten
ISBN 978-3-89705-734-0

»Martin Schüller hat den Grimme-Preisgekrönten Klassiker gekonnt umgesetzt: stimmig und auf den Punkt geschrieben bringt er einen der größten Momente der Fernsehgeschichte aufs Papier.«

WDR

Martin Schüller
TEMPELRÄUBER
Kriminalroman nach der gleichnamigen
ARD-Serie »Tatort«
© Das Erste, WDR
Agentur: WDR mediagroup licensing GmbH
Nach dem Tatort-Krimi von Magnus Vattrodt
Broschur, 160 Seiten
ISBN 978-3-89705-733-3

»Hier bekommt man, was draufsteht: Einen Original-Tatort mit original Tatort-Stimmung, spannend und aus einem Guss.« Münstersche Zeitung

hr

Uli Aechtner
BEVOR ES DUNKEL WIRD
Kriminalroman nach der gleichnamigen
ARD-Serie »Tatort«
© Das Erste / hr, Frankfurt
© 2009 hrMedia Lizenz- und Verlagsgesellschaft mbH
Agentur: WDR mediagroup licensing GmbH
Nach dem Tatort-Krimi von Henriette Piper
Broschur, 160 Seiten
ISBN 978-3-89705-662-6

»Romanautorin Uli Aechtner setzt die packende Dramaturgie des Filmplots mit ruhiger Hand um und führt die Figuren sensibel durch einen fast erschreckend realen Kriminalfall.«

Das Erste

NDR

Hannes Nygaard
BOROWSKI UND DIE EINSAMEN HERZEN
Kriminalroman nach der gleichnamigen
ARD-Serie »Tatort«

Agentur: WDR mediagroup licensing GmbH
Nach dem Tatort-Krimi von Thomas Schwank
Broschur, 160 Seiten
ISBN 978-3-89705-745-6

rbb
RUNDFUNK BERLIN-BRANDENBURG

Oliver G. Wachlin
TODESBRÜCKE
Kriminalroman nach der gleichnamigen
ARD-Serie »Tatort«

Agentur: WDR mediagroup licensing GmbH
Nach dem Tatort-Krimi von Frauke Hunfeld
Broschur, 160 Seiten
ISBN 978-3-89705-746-3

mdr

Oliver G. Wachlin
SCHWARZER PETER
Kriminalroman nach der gleichnamigen
ARD-Serie »Tatort«

Agentur: WDR mediagroup licensing GmbH
Nach dem Tatort-Krimi von Katrin Bühlig
Broschur, 160 Seiten
ISBN 978-3-89705-744-9

Das Erste

WDR

Martin Schüller
DAS EWIG BÖSE
Kriminalroman nach der gleichnamigen
ARD-Serie »Tatort«
© Das Erste / WDR
Agentur: WDR mediagroup licensing GmbH
Nach dem Tatort-Krimi von Rainer Matsutani
Broschur, 160 Seiten
ISBN 978-3-89705-748-7

WDR

Martin Schüller
DAS PHANTOM
Kriminalroman nach der gleichnamigen
ARD-Serie »Tatort«
© Das Erste / WDR
Agentur: WDR mediagroup licensing GmbH
Nach dem Tatort-Krimi von Norbert Ehry
Broschur, 160 Seiten
ISBN 978-3-89705-747-0

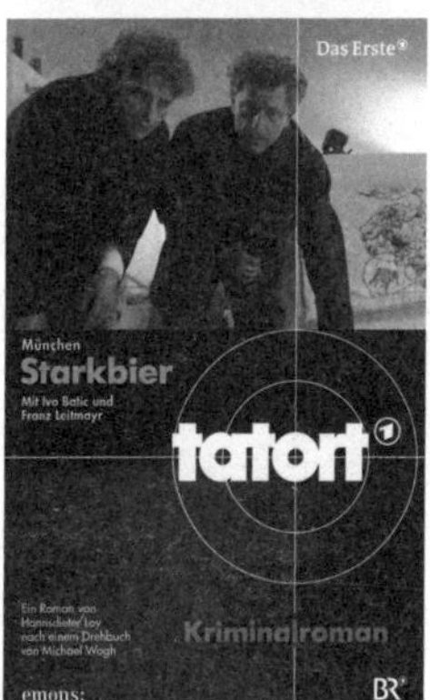

BR

Hannsdieter Loy
STARKBIER
Kriminalroman nach der gleichnamigen
ARD-Serie »Tatort«
© Das Erste / BR Bayerischer Rundfunk
Agentur: WDR mediagroup licensing GmbH
Nach dem Tatort-Krimi von Michael Wogh
Broschur, 176 Seiten
ISBN 978-3-89705-743-2